Heinrich Mann:
Die Unschuldige
Sieben Novellen

Deutscher
Taschenbuch
Verlag

dtv

Von Heinrich Mann
sind im Deutschen Taschenbuch Verlag erschienen:
Der Untertan (256)
Der Unbekannte (898)
Vor einer Photographie (10263)
Eine wohltätige Frau (10366)
Das Gute im Menschen (10428)
Eine pessimistische Katzengeschichte (10593)

August 1987
Deutscher Taschenbuch Verlag GmbH & Co. KG, München
Lizenzausgabe mit freundlicher Genehmigung des Claassen Verlags, Düsseldorf
Die Novellen des vorliegenden Bandes wurden entnommen aus ›Das Gute im Menschen. Novellen 2‹, Düsseldorf 1982 · ISBN 3-546-46318-8

Umschlaggestaltung: Celestino Piatti unter Verwendung des Gemäldes ›Landhaus in Hilversum‹ von Max Liebermann (Staatliche Museen Preußischer Kulturbesitz, Berlin)
Gesamtherstellung: C. H. Beck'sche Buchdruckerei, Nördlingen
Printed in Germany · ISBN 3-423-10778-2

Das Buch

Obwohl »bébé« durchaus niedlich ist, fühlt sich die schöne Frau Esther zu jugendlich für die Rolle der treusorgenden Großmutter und genießt lieber die bewundernden Blicke ihres Herrn Schwiegersohns. Prinzessin Linda gebärdet sich als »Frau wie alle anderen« und brennt ihrem königlichen Gemahl mit einem Pianisten durch – um die bürgerliche Ehe schließlich sehr enttäuschend zu finden. Und Gabriele, eine Witwe, ist kein so »unschuldiges« Kind, wie ihr zweiter Mann gerne glauben möchte. Vorurteilslos und mit treffsicherer Ironie zeichnet Heinrich Mann in diesen zwischen 1892 und 1916 entstandenen Novellen die oberflächlich-dekadente Welt der Wilhelminischen Ära. »Kühl und leidenschaftlich zugleich, Meisterwerke der Sprache und der Komposition ... haben sie als makellose Kunstwerke die Zeit überdauert.« (Franz Lennartz)

Der Autor

Heinrich Mann wurde am 27. März 1871 in Lübeck geboren. Buchhandelslehre, Volontariat im S. Fischer Verlag. Lebte in Italien, dann in München und Berlin. 1933 Emigration in die Tschechoslowakei, 1940 in die USA. Er starb am 12. März 1950 in Santa Monica in Kalifornien. Einige Werke: ›Im Schlaraffenland‹ (1900), ›Die Göttinnen‹ (1902/03), ›Professor Unrat‹ (1905, zweimal verfilmt unter dem Titel ›Der blaue Engel‹), ›Die kleine Stadt‹ (1909), ›Der Untertan‹ (1918), ›Jugend und Vollendung des Königs Henri Quatre‹ (1935/38), Romane; ›Geist und Tat‹ (1931), ›Ein Zeitalter wird besichtigt‹ (1945), Essays.

Inhalt

Großmutter

»Kleines Mädel angelangt, Mutter und Kind befinden sich wohl.«

Frau Esther hielt das Telegramm auch dann noch in ihrer schmalen, elegant behandschuhten Hand, als sie bereits im Coupé Platz genommen hatte. In diesen zwei Stunden war ihr das wichtige Blatt Papier nicht ein einziges Mal aus den Augen gekommen. Sowohl während ihres eiligen Diners wie bei der Beaufsichtigung der Jungfer, welche das Reisegepäck herrichtete, hatte sie sich in die Lektüre dieser bündigen Mitteilung vertieft, welche für sie selbst, ob sie es nun ahnte oder nicht, einen durchaus nicht mit zwei Worten zu erschöpfenden Sinn enthielt.

Das Ereignis war so überraschend gekommen, sie hätte es vielleicht voraussehen sollen. Aber sobald Nelly verheiratet war, hatte sich für Frau Esther die Verbindung mit ihrer Tochter sehr, vielleicht zu sehr gelokkert. Sie hatte es nie begriffen, wie Nelly sich in diesen vergessenen Provinzwinkel hatte vergraben können. Des Mannes wegen? Nun ja. Frau Esther war wohl nicht dazu veranlagt, diesen Beweggrund nachzuempfinden.

Dennoch brauchte sie sich keinen Mangel an Familiensinn vorzuwerfen. Sogleich beim Erhalt der Depesche hatte es für sie festgestanden, daß sie reisen müsse. Ohne einen Augenblick Überlegung war sie dem Bewußtsein, daß man ihre Anwesenheit brauche, gefolgt.

Als sich nun, wie sie im Coupé zur Ruhe gekommen war, Erwägungen hören ließen, mußte sie an Herrn von Menkisch denken. Er hatte sich für heute abend angemeldet; was er nun wohl sagen würde. Um so besser, es wurde beunruhigend, wie häufig er sich in letzter Zeit einstellte. So konnte sich nun das System des zeitweiligen Abstoßens bewähren, durch welches eine um so stärkere künftige Anziehung gesichert wurde.

Dann aber begann sie sich sofort heftig zu zürnen, als sie gewahr ward, mit welchen unheiligen Gedanken sie in eine so ernste und feierliche Zeit eintreten wollte. So verbrachte sie denn den Rest der Fahrt in einem etwas nervösen Gefühl des Mitleids mit der armen Nelly. Denn es war Frau Esthers Natur, daß ihr in solchem Falle das Mitleid mit dem augenblicklichen Zustande der Tochter näherlag als jede Freude über das frohe Ereignis.

Diese Stimmung war indes sofort abgetan, als Adolf zum Empfang an der Station auftauchte. Die halbstündige Wagenfahrt bis auf das Landgut ihres Schwiegersohnes hatte sie sich als das ermüdendste Stück der Reise vorgestellt, aber nun war es durchaus nicht so übel. Adolf hatte sich, seit sie ihn zuletzt gesehn, beträchtlich zu seinen Gunsten verändert. Damals war er völlig in seine Bräutigamsgefühle und -pflichten vertieft gewesen und hatte für Frau Esther kaum einen Moment erübrigt. So schien er erst jetzt, zu seiner eigenen Überraschung, zu entdecken, was er damals beständig übersehen, und auf dieser Fahrt erhielt die schöne Schwiegermutter von ihm mehr als einen bewundernden Blick.

Im übrigen schwamm er ganz in Freude und Zufriedenheit. Auf die Dauer mußte sein Glück auch Frau Esther anstecken. Ihre Neugierde ward angespannt, das kleine Neugeborene zu sehen, das soviel freudige Aufregung hervorrief. Schließlich betrat sie, gleich nach der Ankunft und noch im Reiseanzug, mit ehrlichem Enthusiasmus das Schlafzimmer, um Tochter und Enkelin zu umarmen.

Schade, daß ihre Empfindung gleich wieder ein wenig gedämpft wurde. Nicht durch bébé; das war wirklich reizend, rund, mit zahllosen Grübchen und ganz kleinen gekniffenen Augen. Aber Nelly wollte ihr gar nicht gefallen. Sie war stark abgemagert, was bei ihrer großen und etwas schweren Figur besonders auffällig wurde. Es war Frau Esther stets eigentümlich erschienen, neben ihrer eigenen zierlichen und geschmeidigen Gestalt die starken und üppigen Formen ihrer Tochter zu sehen. In ihrem jetzigen Zustande aber war ihr dieselbe noch um einen Grad fremder geworden. Irgendwelche Besorgnis war übrigens keinesfalls am Platze; es war wohl mehr eine Art ästhetischen Unbehagens, das Frau Esther bei dieser Gelegenheit beschlich.

So beschränkte sie sich, um doch ihre Teilnahme zu beweisen, darauf, bébé, welches gelassen stillhielt, zu herzen und zu küssen, nachgerade sogar in etwas exaltierter Weise, wobei indes das Verhalten der Wärterin sie auch wieder störte. Die Brave, welche bisher sowohl Mutter wie Kind bedingungslos schön gefunden hatte, konnte jetzt nicht umhin, den Zoll ihrer Bewunderung der jungen reizenden Großmutter zuzuwenden. Diese fühlte sofort, daß sie hier für nichts sowenig wie für eine ältere Autorität galt, und dies traf mit ihrer eigenen Empfindung zusammen. Denn Frau Esther bemerkte selbst, daß sie das Kleine, das sie in ihren Armen wiegte, vielleicht etwas zu sehr als Spielzeug behandelte. Großmütterliches Empfinden schien ihr bisher fremd geblieben zu sein.

Es blieb auch in der folgenden Zeit dabei, daß sie sich vergebens bemühte, sich dem Ernst der Situation anzupassen. Jeden Augenblick fühlte sie sich geniert, ohne doch ausdrücklich zu wissen warum. War sie denn hier nicht an ihrem Platze? Und immer glaubte sie die Zwiespältigkeit ihrer Position auf den Gesichtern um sie her bestätigt zu sehen. Die Anordnungen, welche sie für die Bedienung von Mutter und Kind gab, wurden mit Zuvorkommenheit befolgt, aber, wie sie deutlich merkte, weniger aus Überzeugung als aus Zuneigung für ihre sympathische, lichte und jugendliche Persönlichkeit.

Besonders unliebsam und beinahe betrübend berührte sie die Veränderung, welche in dem Verkehr mit ihrem Schwiegersohne seit jenem Abend ihrer Ankunft vor sich gegangen war. Adolf hatte doch damals ein durchaus verständiges Benehmen an den Tag gelegt. Wenn indes die ritterliche Verehrung, mit der er sie während jener Fahrt umgeben, gelegentlich wieder zum Vorschein kam, so schien sie ihn jetzt selbst verlegen zu machen. Es war, als empfinde er sie fast als unschicklich. Und das peinlichste war, daß Frau Esther in solchen Momenten seine Empfindung zu teilen meinte. Trotzdem war ihr nichts mehr zuwider als die bescheidene und respektvolle Unterordnung, die sich in seinem Wesen ihr gegenüber täglich mehr auszuprägen begann. Es konnte sie förmlich erbittern, wenn er sie etwa während ihrer gemeinsamen Mahlzeiten ehrerbietig um ihren Rat in irgendeiner häuslichen Sache anging, mit einer Miene, als erwarte er von ihrer älteren Erfahrung die letzte Entscheidung.

So ging sie in täglich unzufriedenerer Stimmung im Hause umher, in dessen solid und veraltet ausgestatteten Räumen sie überall das modernste Parfüm hinterließ, das immer ihre Atmosphäre bildete. Sie war stets, selbst des Morgens, in voller Toilette; sie fühlte, ohne gerade ausdrückliche Berechnungen hierüber anzustellen, daß nur noch auf diese Weise ihre Schönheit sich auf jugendlicher Höhe erhalten konnte.

Und eines Morgens geschah es, daß sie mit zorniger Gebärde den Handspiegel von sich warf, der ihr, genau über der feinen Nasenwurzel, eine erste Falte angezeigt hatte.

Das war für ihre Eigenliebe eine entscheidende Gelegenheit, sich gegen das Joch, das sie hier getragen, aufzubäumen. Schließlich wurde sie hier allmählich entbehrlich, es ging alles im Hause auch ohne sie seinen regelmäßigen Gang, und zudem war Nelly soweit, selbst ihre Anordnungen erteilen zu können.

Und als Adolf sich am gleichen Abend besonders unausstehlich zeigte, teilte ihm Frau Esther kurzerhand mit, daß sie am nächsten Morgen den ersten Zug zur Heimreise benutzen werde. Seine erstaunten Einwände gingen bald in ergebenem Gehorsam unter. Der frühe Zug mußte es sein, weil Frau Esther rechtzeitig zum Diner daheim zu sein wünschte; sie hing an einem regelmäßigen Leben. Und auch die Begleitung zur Station seitens ihres Schwiegersohnes lehnte sie kategorisch ab; sie wollte ihn seiner Morgenruhe nicht berauben.

Ganz allein rollte sie in aller Frühe in der offenen Gutsequipage die Landstraße hinab. Alles Peinliche, das ihr die letztverflossene Zeit gebracht, begleitete sie als zugleich nervös erregende und niederdrückende Stimmung. Aber ihre Gedanken nahmen seltsamerweise die gleiche Richtung wie damals, auf ihrer Herreise, im Coupé. Sie wußte, daß Herr von Menkisch, sobald er ihre Rückkehr erfragen, prompt seine Aufwartung machen würde. Und mit tiefer Selbstqual fragte sie sich, ob nicht seine Huldigungen begännen, sehr – unzeitgemäß zu werden.

Sie wurde erschüttert von dem bitteren Selbstbedauern, welches in Stunden wie diesen die kalten und eigensüchtigen Naturen ergreifen kann, und welches darum nicht weniger empfindlich schmerzt, weil die andern Leute es nicht zu verstehen vermögen.

Wie sie so dahinfuhr, löste der leichte Wind aus den Baumkronen über ihr, welche scheinbar noch in sommerlicher Fülle standen, ein vereinzeltes welkes Blatt. Es flatterte zögernd herab und sank auf Frau Esthers

Schoß. Mit einer Bewegung ihrer Knie wollte es sich nicht abschütteln lassen, und die Hände, welche sie in der Morgenkühle fröstelnd unter der Reisedecke hielt, mochte sie nicht hervorziehen. So ließ sie es denn dort ruhen.

Die Puppen der Prinzessin

I

Die Obersthofmeisterin erstieg die Treppe vom Garten zur Orangerie, leise stöhnend und unter seidenem Geknister. Sie drängte sich zwischen zwei Gewächskästen durch, am östlichen Ende der langen Wand; dahinter lagen die Gemächer der Prinzessin Linda. Sie drückte einen Finger gegen die Täfelung, eine Klappe sprang auf in der Mauer. Da sah sie auf der Westseite, wo die Wand sich zum Halbkreis bog, den Oberhofmarschall, wie er, halb aufgerichtet, die Fäuste auf den fetten Schenkeln, vor einer zweiten Klappe stand und sie beobachtete.

In der ersten Minute blieben beide fassunglos. Dann ging die Alte auf ihren vieljährigen Feind los und sagte:

»Das ist doch sonderbar, Baron. Haben Sie auch was gefunden?«

»Ich hab auch was gefunden. Aber es ist nichts drin.«

»Was sollte denn auch drin sein.«

»Freilich. Was sollte auch drin sein.«

Die Alte richtete sich streng auf.

»Oder wissen Sie etwa was?«

Er verwahrte sich lebhaft. Diese Attrappen seien sichtlich ein Geheimnis aus früheren Zeiten. Nicht mal die Prinzessin werde darum wissen.

»Ja, wie sollte denn Ihre Königliche Hoheit darum wissen«, meinte befremdet die Obersthofmeisterin.

»Da könnte einer gleich behaupten, daß die Prinzessin davon Gebrauch macht«, sagte der Hofmarschall entrüstet.

»Die Kühnheit wird niemand haben«, behauptete die Alte.

»Gott verhüte es«, antwortete er. »Obwohl man sich heute an alles wagt.«

Jeder wartete noch ein wenig, was der andere verrate. Aber sie sagten nur »Ja ja« und »Das sind Geschichten«. Plötzlich verließen sie sich.

Die Alte stürzte sich durch die Korridore ins Zimmer der Prinzessin. Sie flüsterte, ohne Atem, ohne Stimme:

»Königliche Hoheit, wir sind verloren. Baron Weida weiß alles.«

»Sie haben wohl voreinander Furcht gehabt?« fragte Linda und lächelte. Die Alte stutzte.

»Königliche Hoheit bleiben ruhig? Sollte er's schon früher gewußt haben?«

»Was, Gräfin?«

»Daß dort in den Sockeln der Statuen – daß Euere Königliche Hoheit durch jene Klappen Besuch empfangen?«

»Und wenn er's gewußt hätte, was macht's? Er ist so diskret gewesen wie Sie, Gräfin ... Ich bin zufrieden mit Ihnen allen beiden«, sagte die Prinzessin gnädig. Die Obersthofmeisterin rang die Hände.

»Aber jetzt weiß er, daß ich's weiß. Und ich weiß, daß er's weiß. Begreifen Königliche Hoheit nicht?«

»Nein.«

»Wir bekämpfen einander seit dreißig Jahren. Nie wird er mir trauen oder ich ihm. Von ihm zu wissen, daß er – Königliche Hoheit verzeihen –, daß er Ihr Mitschuldiger ist, und die Entdeckung nicht gegen ihn zu benutzen: für mich wäre das Selbstmord. Denn *er* benutzt es ganz sicher, was er soeben erfahren hat.«

»Ist er so boshaft?«

»Wir können doch nicht anders. Ich muß ihm zuvorkommen beim König!«

»*Was* sagen Sie da, Gräfin?«

»Vergebung! Königliche Hoheit!«

»Sie wollen mich beim König verklatschen?«

»Ich kann nicht anders!«

Die Alte fiel auf die Knie.

»Und wenn ich Sie hier einschließe? ... Ja, meine Selbsterhaltung verlangt es.«

»Dann ist *er* unterwegs zu Seiner Majestät. Dann haben Sie mich vernichtet, und sich nicht gerettet.«

Die Prinzessin sah auf die Greisin nieder. Ihre Brauen waren ein dicker schwarzer Strich in ihrem erbleichten Gesicht. Sie machte zwei erregte Schritte, schüttelte heftig ihre erhobene Hand und rief:

»Also gehn Sie!«

Sie verschloß die Tür, die Stirn gesenkt, bedachte sie, was nun geschah. Nun ergriff sie die Flucht. Außer den beiden Hofleuten würden so und so viele andere auftreten, Lakaien oder Junker, die einmal etwas gesehen hatten. In dieser selben Minute konnte man einen ihrer Liebhaber aufgreifen, wenn er mit seinem Schlüsselchen in den Garten schlüpfte. Überhaupt, es war ja ein Kleinkindergeheimnis; alle wußten darum, bis auf den König und ihren Mann. Solange sie die künftige Königin gewesen war, hatten alle geschwiegen. Alle ihre Feinde waren für sie zu Kupplern geworden. Aber jetzt floh sie, und man durfte wieder die Wahrheit sagen.

Ach, wie oft schon hatte sie durchgehen gewollt! Aber der Wunsch, der früher übermütig war und eine Narrenkappe trug, nun machte er ein seltsam ernstes Gesicht. Blieb sie da, so sperrte man sie in die Nervenheilanstalt, wie Cousine Mathilde. Also Flucht!

»Aber alle drei kann ich doch nicht mitnehmen«, sagte sie ganz laut.

Sie sah sich um nach den vier Statuen in ihren Nischen; nach dem springenden Mars, dem Merkur, der aufflatterte, einen Finger in der Luft; nach dem eckigen, feinen David, nach der Venus – nach diesen Gestalten aus ihrer Heimat. Sie drückte an einem der hohen Piedestale. Die Wand verschob sich; aber es war niemand dahinter. Auch die andern waren leer. Linda stampfte auf.

»Wenn ich sie brauche, sind sie weg. Und es wird Nacht ... Wer jetzt käme, den nähme ich mit. Ganz gleich wer«.

Sie lächelte.

»Wenn nun Freddy käme!«

Ein Page, ein Lateinschüler, mit dem konnte sie doch nicht durchgehn. Er wäre wenigstens aus guter Familie gewesen ... Darauf kam es nun auch nicht mehr an; wennschon dennschon. Blieben also der Pianist und der Maniküre. Sie zögerte.

Der eine pflegte ihre Nägel, der andere begleitete sie, wenn sie Violoncell spielte. Als Männer waren ihr beide angenehm, der Maniküre war höchstens noch unterhaltender. Und ob einer in die Tasten griff oder Runzeln wegmassierte, was lag daran in der Heimlichkeit des Schlosses. Aber draußen würde man ihr möglichenfalls den Pianisten weniger übelnehmen? Die Prinzessin besann sich. Es war das erste Mal, daß sie über die verschwiegenen Zugeständnisse ihres Gesindes hinausdenken mußte, an die lärmenden Meinungen der Welt.

»Um so besser. Ah! Ich habe sie satt, die Heimlichkeiten. Gründlich satt hab ich die Lügen, und den stündlichen Kampf, den Kampf auf zwei Fußbreit Boden, mit all den engen, frommen, boshaften Menschen, die ich verachte. Und den Verkehr mit diesem Mann, der so schrecklich bieder, verliebt, und nichts als Unteroffizier und Familienvater ist! Luft haben, Raum haben – endlich einmal!

Hätte ich in unserm sonnigen Lande bleiben können! Ich habe anderes Blut als die Leute hier. Am Hof meiner Väter brauchte man nicht, zwischen verblödeten Grafen und alten Beamten mit Gehirnverkalkung, sich zu mopsen. Dort verkehrten Dichter und Künstler.

Man ging in weiten Gängen spazieren. Man hatte am Leben der Stadt seinen Anteil. Man fuhr Korso. Wenn ich hier ausgehe, mir ein Kleid zu kaufen, errege ich Ärgernis. Aber das Volk liebt mich dafür!

Das gute Volk! Ich will ihm zeigen, daß ich seines Vertrauens würdig bin!«

Ein ganz leises Geräusch kam von einer der Statuen. Die Prinzessin ließ den Pianisten heraus.

»Da bist du endlich. Wir sind verraten, wir müssen fliehen.«

Sie lehnte Erklärungen ab, traf hastige Anordnungen.

»Kriech nur gleich wieder zurück, hol sofort eine Droschke an die Gartentür. In zehn Minuten bin ich da.«

Sie ließ sich von ihrer Kammerfrau eine Reisetasche herrichten. Dann musterte sie noch einmal ihre vier großen Puppen: den Mars, den Merkur, den David, die Venus.

»Mit euch habe ich gespielt, was? Gott sei Dank, daß das aus ist. Ihr seht mich nicht wieder.«

Und durch die Wand am Fuß der Venus schlüpfte sie hinaus.

Sie war schon auf der Treppe in den Garten, da blieb sie stehen. »Die Kinder!« Sie wankte; ganz langsam stieg sie wieder hinauf, durchmaß die krummen Gänge, die voll Schatten lagen. Wie sie eine Tür öffnete, deuchte ihr das Licht da drinnen so weich wie nie.

»Karl Emanuel hustet, sagt man mir?«

»Nein gar nicht, Königliche Hoheit!«

Sie trat an die Betten, sie hielt ihr Gesicht lange über den kleinen Gesichtern, ließ sich von ihrem Atem streicheln und streifte mit dem Mund die geschlossenen Wimpern.

»Ich komme wieder, ich hole euch. Ja, ich raube euch!«

Und verzweifelnd: »Ich kann doch nicht weggehn!«

Aber dann ging sie. Der Garten war schon ganz schwarz. Draußen erwarteten sie die Freiheit und das Leben.

2

Soviel Unwetter überraschte sie doch. Warum sprach man von ihrer Flucht, warum ließ man ganz Europa davon sprechen. Und warum *nannte* man es Flucht. Man hätte es auch Reise nennen können. Hatte denn sie selbst, wenn sie sich auf den Grund ging, ihren Streich ganz ernst gemeint? Mein Gott, sie war der Rache ihres Schwiegervaters ausgewichen, und der Nervenheilanstalt. Von diesem neutralen Lande aus konnte sie ihre Bedingungen stellen: man gab ihr freies Geleit, und sie kehrte heim. Inzwischen hätte sie den Pianisten gewiß satt bekommen. Wie oft wurden ähnliche Zwischenfälle vertuscht! Statt dessen behandelte man sie als ernstlich entgleist.

Das Volk! Das war auch ein netter Freund. Nur in den ersten Tagen war es mit ihr einverstanden gewesen, solange es geglaubt hatte, sie sei geflüchtet, weil man sie im Schloß wie eine Gefangene behandelte, weil der Thronfolger, ihr Gemahl, sie prügelte, und ähnliche Albernheiten. Aber kaum, daß es, durch Fürsorge des Hofes, von ihren Liebschaften erfahren hatte, verfiel es in sittliche Entrüstung. Die liberalen Zeitungen öffneten sich den sonst verachteten Geistlichen, die darin ganze Fastenpredigten herunterpolterten. Bürgersdamen lehnten in gereizten Zuschriften an die Blätter jede Gemeinschaft ab mit einer Prinzessin, die dadurch zu einer »Frau wie alle andern« zu werden dachte, daß sie ihre Pflicht vergaß und ihrem sinnlichen Vergnügen nachlief.

Eine »Frau wie alle andern«, gewiß, so hatte sie einer

Freundin geschrieben. Und waren ihre Verhältnisse denn nicht auf dem Wege zur gesetzlichen Regelung? Die Scheidung stand bevor, sie heiratete dann ihren Freund. Allmählich nannte sie ihn Freund. Er gehörte allmählich zu ihr, kraft all des Hasses, der auf ihnen beiden lastete.

Und sie hatte nur noch ihn. Man hatte ihr verboten, jemals ihre Kinder wiederzusehen.

»Ah! halten sie das für ein unwichtiges Opfer, sie, die mich verurteilen? Sind das Mütter, denen ihr Gefühl nichts verrät über mich? Und sind das Männer, die es für gering achten, daß ein Weib auf eine Krone verzichtet, um seinen Idealen zu leben! Ja, ich habe meine Sinne, meine Leidenschaft. Und ich will dafür kämpfen, meine Eigenart durchsetzen! ...« Deklamationen moderner Bühnenheldinnen, einmal bis zu ihr in die Königsloge gedrungen, bekamen jetzt, und sie wunderte sich darüber, einen Sinn. Jetzt war der Vorhang nicht von der Bühne, nein, vom Leben war er weggezogen, und sie selber spielte!

Sie begann einen einsamen Stolz zu fühlen in dem Gewimmel des internationalen Hotels, wo Neugierige an ihren Türen horchten. Und sie sang im Nebenzimmer etwas Übermütiges, wenn im Salon ein Reporter auf sie wartete. Alles lag hinter zerstörten Brücken: Mann und Kinder, Thron, sogar das Elternhaus. Der König zügelte ja seine Wut nicht einmal vor der Öffentlichkeit. Er schien nicht sehr überzeugt von seinem Gottesgnadentum, dieser König, der sich und sein Haus auf strenge bürgerliche Ehrsamkeit angewiesen glaubte. Aber auch ihr Vater, der entthronte Patriarch, dessen Kinder immer so unmündig blieben wie sein Volk, wenn es ihn nicht vertrieben hätte, auch er sandte ihr jähzornige Verwünschungen. Kaum daß die Mutter ihn vom Ärgsten zurückhalten konnte. Und nur ihr Mann, der schwerfällige Kommißmensch, der fand kein böses

Wort. Der liebte sie noch immer. Der weinte mit den Kindern. Der schrieb ihr Briefe mit Buchstaben, die von Tränen verwischt waren und mit vor Traurigkeit sinnlosen Sätzen.

Sie flüchtete weiter nach Süden, bis ans Meer. Sie hatte jetzt Stunden der Schwäche, wo sie wünschte, sie hätte ihn lieben können, jenen braven Mann; sie hätte an seinem redlichen Gefühl sich genügen lassen können. Dann hätte sie die Kinder gehabt! Oh, auch das noch ungeborene war von ihm. Sie hatte es eingestanden, nach stillen Kämpfen. Und nun beunruhigte sie eine Scham während der vertraulichen Tage und in den Liebesnächten mit einem, der dem Kind unter ihrem Herzen nicht Vater war. Dies Kind, das in ihr wuchs, gehörte dem andern. Ein Stück von ihr, von ihrem Körper war noch immer bei jenem!

Sie beurlaubte ihren Geliebten. Sie wohnte allein in dem kleinen Haus, das Rosen versteckten. Sie wanderte allein am Strande, sie ließ sich hinausfahren, ziellos in dunstiges Blau. Wohin die Gedanken richten? Dahinten, wo sie zu Hause gewesen war, verhüllte alles ein Dampf von Feindseligkeit. Sie folgte im Geist ihrem Geliebten. In der großen Welt ward von ihm gesprochen, er hatte ein Konzert gegeben, man erfuhr von seinen Kompositionen. Das Zeitungsblatt in der Hand, träumte die Prinzessin von ihm und sah ihn wachsen. Sie öffnete seine Briefe mit Herzklopfen.

Ihre Scheidung ward ausgesprochen. Das Urteil war in Ausdrücken begründet, die sie absichtlich erniedrigten. Gleichzeitig drohte man ihr, wenn sie ihren Geliebten heirate, werde man ihr das Kind wegnehmen.

Darauf schrieb sie ihm nach Paris, er solle sie sofort erwarten. Ihre Hand zitterte so stark, daß sie die Adresse nicht beenden konnte. Eine Nervenkrisis brach aus und verfrühte ihre Niederkunft. Als sie zu sich kam, fühlte sie jemand ihre Hand halten. Sie öffnete noch nicht die Augen. War er es? Sie verspürte eine ohnmächtige Lust, ihre Arme weit aufzureißen. Sie fühlte sich blutleer und schwach; aber sie liebte ihn. Jetzt liebte sie ihn!

Sie sah hin, da saß ihre Mutter am Bett. Linda war gerührt. Ihre Mutter entfremdete sich ihretwegen dem Vater. Den König stimmte sie sich feindlich ihretwegen. Es war eine gute Mutter. »Aber ich bin kein entlaufenes Kind, das man mit Liebe heimholen kann. Ich bin zur Frau geworden.«

Kaum hergestellt, bat sie ihre Mutter, sie allein zu lassen. Ihr künftiger Gatte hole sie ab. Am Tage nach der Abreise der alten Frau kam er. An seinem Halse sagte sie:

»Welch niedrige Verleumder, die behaupten, ich habe ein leichtsinniges Puppenspiel mit allen möglichen Männern getrieben und es sei nur Zufall, wenn ich, anstatt mit dir, nicht mit einem Pediküre durchgegangen sei! Daß ich andere Liebhaber gehabt habe, ich leugne es ja nicht, und wie soll man in der Stickluft des Hofes anders leben. Aber als es Ernst ward – dich hab ich erwählt! Ich hab immer nur dich geliebt!« rief sie, in tiefer Aufrichtigkeit.

»Aber so etwas steht in den Zeitungen und in den Schmähbriefen, die die anständigen Leute mir schreiben. Andere munkeln von Fallen, die dunkle Intriganten mir gestellt haben sollen, damit ich mich kompromittierte. Die ganz Klugen schieben alles, was ich gewagt habe, auf meine Schwangerschaft. An die Leidenschaft, an die einfache, ehrliche Leidenschaft einer Frau, die ganz sie selbst sein möchte, daran zu glauben, ist keiner imstande. Welche Niedrigkeit verraten alle diese Seelen!

Genug, sie können uns nichts anhaben. Wenn es sich darum handelte, uns in unserm Vergnügen zu stören. Aber wir haben ja viel mehr zu verlieren. Glück! Und durch wen sollten wir das verlieren. Sag es selbst. Durch wen? ... Und übrigens gibt es auch gute Menschen. Da sieh, unter diesem Haufen von Briefen ist einer – ich will ihr antworten, der Frau.«

Sie schrieb:

»Liebe gute Frau, nehmen Sie innigsten Dank für Ihr Mitgefühl, und sagen Sie nur allen braven Leuten, die es gut mit mir meinen, daß ich mich ihnen nahe fühle. Ja, ich bin ein Weib wie ihr und fühle alles, was ihr fühlt, alles Glück und jeden Schmerz ...«

»Glück« war in der Steilschrift der Prinzessin groß und kräftig hingesetzt. »Schmerz« sah darin ganz blaß und schwach aus, wie ein Gespenst, dessen Namen man nachsprach; aber man war sicher, es werde niemals erscheinen.

3

Er war jünger als sie. Der Erfolg bei einer Prinzessin war über ihn gekommen wie das Große Los. Er hatte sich manchmal das Taschentuch in den Mund drücken müssen, um seinen Triumph nicht irgendeinem Kammerjunker in das törichte Gesicht zu schreien. Andere Male hatte er große Furcht vor Entdeckung gehabt. Auf der Flucht wuchs sein Glück ihm vollends über den Kopf. Er fühlte sich wichtig und ratlos. Er hatte jedem, der ihn auszuholen kam, mit knabenhaftem Stolz die Honneurs seines jungen Ruhmes gemacht. Er hatte verschämt von seinen Arbeiten gesprochen und sich geängstigt, weil man glauben konnte, er wolle die Liebe der Prinzessin als Reklame ausschlachten.

Nur weil man ihn drängte, gab er Konzerte, und er zögerte, den Beifall entgegenzunehmen. Verdiente er soviel?

Einmal auf einer Ausfahrt ließ die Prinzessin den Wagen halten, um ein Lied anzuhören, das ein Alter zur Gitarre sang. Sie hatte Tränen in den Augen.

»Das war hübsch, was ist das?«

Es war von ihm. Seitdem war er überzeugt, jedes Lob zu verdienen. Denn keines konnte ihres überbieten. Er war stolz auf sie wie auf eine Göttin, die ihn nach sich zog, durch eine Wolkenbahn.

Aber nun hatte ihre Fahrt geendet, in einem Häuschen in Asnières, das er bezahlte. Er hatte mit seinem kleinen Vermögen die Prinzessin seit ihrer Flucht unterhalten; man gewährte ihr fast keine Mittel. Jetzt arbeitete er für sie, spielte in Salons, gab hochbezahlte Stunden. Wenn er heimkam, fand er sie in dem trauten Boudoir in ihrem Sessel, unter dem großen Lampenschirm, das Kind auf dem Schoß. Sie war nicht mehr Göttin und kaum noch Prinzessin. Sie war seine Frau, ernsthaft und schön. Die starken Gesichtszüge, nicht mehr ganz jung, schimmerten gelblich blaß unter dem Wall von schwarzen Haaren, wie bei einer südländischen Frau aus dem Volke. Keine Prinzessin, nicht durchsichtig, nicht zerbrechlich.

Er erzählte ihr seine Triumphe, las ihr seine Kritiken vor, berichtete ihr jedes Wort von Frauen, das ihn berauscht hatte. Sie hörte zu, beriet, wenn er hitzig an Luftschlössern baute, vernünftig mit ihm, gütig und fast mütterlich. Ihre Begierden, früher durch Kampf ins Brausen gebracht, flossen nun behaglich. Sie fühlte, daß sie ihn liebe wie eine gute Bürgersfrau ihren Mann, dem es gut ergehen muß an Körper und an Geldtasche, damit es ihr selber gut ergehe. Sie führte sogar Buch über seine Einnahmen; und sie setzte ihren Stolz darein. Sie hatte erreicht, was sie wollte, eine Frau zu werden wie alle andern; eine Gattin, die sich ihren Mann erwählt hatte, und eine Mutter, die kein Zeremoniell von ihrem Kinde trennte. Sie war glücklich. Das würde immer so bleiben.

Eines Tages, als sie von einem Ausgang heimkam, fand sie ihn zu den Füßen der Lady Cherville.

Sie zog sich zurück, ganz aus der Fassung. Als er klopfte, antwortete sie nicht. Was sie gesehen hatte, deuchte ihr sinnlos und dumm. Er liebte sie doch! Sie wußte das zu genau, sie spürte seine Küsse von heute nacht noch auf den Lippen.

Aber allmählich geriet sie ins Beben. Ah! man wollte ihr etwas nehmen von dem Glück, das sie mühevoll erworben hatte? Er selbst griff sie an? Das würde sie nicht dulden. Sie hatte es für selbstverständlich gehalten, daß der Prinz, ihr erster Mann, eine Tänzerin aushielt. Aber dieser hier, der gehörte ihr, sie hatte ihn mit vielem bezahlt! Ihr Zorn brach aus; sie rief ihn und machte ihm eine heftige Szene. Er widersprach gar nicht, beteuerte nur seine Liebe, bat um Verzeihung, die sie halb gewährte, und ließ den ganzen Abend die Lippe hängen, wie ein gemaßregelter Knabe. Sie beobachtete ihn, sie fand plötzlich alle seine Bewegungen, seine Art sich zu freuen, zu wünschen, zum Erschrecken jung. Er konnte nicht abgeschlossen haben wie sie. Er würde noch viele Frauen begehren, sie mußte um ihn kämpfen.

Sie ging in Gesellschaft; sie hatte es bisher vermieden, ohne zu wissen warum. Nach den ersten zwei Versuchen wußte sie's. Eine hochbetitelte Dame, die sie vom Hofe her kannte, war ihr verlegen begegnet. Eine zweite war ihr ausgewichen. Eine reiche Bürgersdame hatte sie frech behandelt, andere unterwürfig. Ein Mitglied des Jockei-Clubs war zudringlich geworden. Sie selbst hatte gefühlt, daß sie den Leuten falsch begegne. Den einen war sie zuwenig Prinzessin, den andern zuviel. Sie war sich auf einmal vorgekommen wie in einer schlecht eingeübten Rolle. War denn dieses ganze bürgerliche Familienglück ein Theaterspiel? Sie hatte geglaubt, eine andere Frau geworden zu sein, eine Frau wie alle andern. War das ein Irrtum?

Sie war tief erschrocken. Sie schloß sich, aus Furcht vor weiteren Entdeckungen, ganz in ihre Wände ein, in die engen Wände, die durch viele Opfer kostbarer geworden waren als die Hallen von Palästen.

Anonyme Briefe nannten ihr andere Frauen, zu denen ihr Mann in Beziehungen stehen sollte. Sie fragte ihn ohne Umschweife, er leugnete verzweifelt. Sie kannte jetzt all diese Frauen, sie hatte ihn, den Künstler in Mode, von ihnen umschmeichelt gesehen, bewertete die Verführungen, die eine besaß, und konnte sich ihren Mann deutlich vorstellen in den Armen jeder einzelnen. Sie litt bis zum Aufschreien. Die Angst war das Unerträglichste, das angstvolle Bewußtsein, daß stündlich, in dieser Minute, etwas von ihrem Glück, von ihrem Lebensinhalt, abbröckelte, entglitt; und sie wußte nicht wohin, noch wie es zu halten sei, und sie griff in leere Luft.

Sie erbrach seinen Schreibtisch und hatte auf einmal die Hände in all seinen Liebesbriefen, ganzen Stößen. Da waren sämtliche Frauen, die sie in Gesellschaft getroffen hatte, und noch andere, nie gesehene, und solche, von denen er nicht einmal gesprochen hatte.

Er feilschte mit ihr, wie ein Kaufmann, um diese Frauen; suchte die Zahl seiner Ehebrüche herabzudrükken. Schließlich, in die Enge getrieben, rief er, mit erhobenen Armen: »Ein Künstler von Ruf braucht die Weiber! Ohne Weiber kein Ruhm – und kein Geld! Ein berühmter Künstler kann seiner Frau nicht treu sein. Er sollte überhaupt nicht verheiratet sein.«

Und ruhiger sagte er:

»Bedenke, daß ich mir die Unbequemlichkeiten vor allem deinetwegen auferlege. Du willst Wohlleben, nicht wahr? Wie sollen wir das anders erlangen.«

»Dadurch daß du dich verkaufst? Ich soll das wohl zugeben und vom Erlös meinen Anteil einstecken? O Himmel!«

Sie erblickte plötzlich auf ihrem Arbeitstisch das Buch, worin sie seine Einnahmen notierte. Sie warf es weit weg, mit Abscheu. Dann fiel sie auf einen Stuhl, sie bedachte:

»Das habe ich nun davon. Ich bin geflohen, um durch einen Mann ganz frei und nur eins mit ihm zu sein. Und nun ist er ein öffentlicher Mann.«

Er war erschrocken, er suchte gutzumachen. Sie ließ sich oberflächlich zurückgewinnen. Die Verachtung, die er ihr einflößte, war so unheilbar, daß es zwecklos schien, noch zu streiten oder zu strafen. Sie würde ihm nie wieder im Innern nahe kommen; sie wußte es. Alles war Irrtum gewesen. Es galt ihn schweigend zu büßen, da sie zu stolz war, ihn zuzugeben. Ihren Mann verlassen und zu den Eltern heimkehren auf den Landsitz, wo der entthronte Fürst an den Seinigen seine unbefriedigte Herrschlust übte – unter die Fuchtel des Vaters zurück, mit all den Erfahrungen im Herzen, die ihr Ausflug in die Welt ihr eingetragen hatte – das war unmöglich, weil es zu kindisch war.

Ihr erübrigte eines: alle ihre Ansprüche an die Zukunft und alle Liebe, deren sie fähig war, auf ihr Kind zu häufen.

4

Als es noch in der Wiege lag, erzählte sie ihm zum ersten Mal von dem Schloß, wo es eigentlich zu Hause sei, von den Bildern, die dort hingen, von den Kutschen, von den Uniformen der Würdenträger. Später, wie der Knabe sie verstehen konnte, wiederholte sie das alles oft und schmückte es aus. Es wurde ein Feenpalast daraus und er selbst mitten darin der Märchenprinz in Himmelblau, mit goldenen Locken. Die Prinzessin Linda dichtete für ihr Kind das Prinzentum, das sie kannte, um, bis es in Märchen paßte.

Wenn sie miteinander spielten, geriet sie knabenhaft ins Toben, wie er. Sie lief jeden Morgen an sein Bett und fragte, was er heute sei. Er war heute Jupiter, morgen Orgeldreher; und er bot ihr Spiele so reich an Abwechselung, wie damals, als sie die Klappen an ihren großen Puppen öffnete und jeden Tag einen andern Liebhaber herausließ. Der Spätgeborene verjüngte seine Mutter.

Er tyrannisierte sie. Sie hatte ihn in seinen fürstlichen Rollen zu unterstützen durch Huldigungen und Dienstbarkeit. Mit sieben Jahren ward er zuerst auf ein Pferd gesetzt. Die Mutter ritt seitdem mit ihm aus, zuweilen als seine ebenbürtige Begleiterin, meistens mit der Funktion eines Reitknechtes.

Seine Beschäftigungen wurden mit den Jahren zu lärmend und zu gewalttätig; sie konnte sie nicht mehr mitmachen. Der Knabe war körperlich gut veranlagt, er litt keinen Widerspruch von seinen Kameraden. Sein Geist zeigte die Richtung auf Tatsachen und die rohe Vornehmheit, die sie an seiner Rasse kannte.

Mutter und Sohn waren im Hause fast immer allein, sogar bei Tisch. Wenn ihr Mann sich zeigte, saß er wie ein Fremder dazwischen; aus Erbitterung über seine Gedrücktheit war er barsch gegen den Knaben, der ihn aus Instinkt nicht ernst nahm, und spöttisch gegen die Prinzessin. Sie war wieder Prinzessin geworden, fast ohne darum zu wissen, einfach weil die bürgerliche Ehe sie enttäuscht hatte, und dadurch daß sie ihren Sohn als Fürstenkind erzog. Sie dachte sogar mit Freundschaft an ihren ersten Mann, den Thronfolger.

Dabei mußte sie das Brot des Musikers essen, und er verdiente es schwierig; denn seine Modeberühmtheit war längst verrauscht. Einst auf ihrem Gipfel hatte er eine Oper aufführen lassen. Ein einziger Kritiker, den man vielleicht zu bezahlen vergessen hatte, riß sie herunter. Und plötzlich fiel es aller Welt ein, daß er gar nichts könne. Linda wäre vielleicht gegangen: ihr Vater war uralt, ihre Mutter rief sie. Aber dann hätte sie das Kind hergeben müssen. Am Hofe ihres Schwiegervaters verlangte man ihn, es erschienen immer häufiger Agenten bei ihr, mit Anerbieten. Auch ihren Mann suchten sie auf, und er sprach davon.

»Das wird mir lästig, weißt du. Es ist ein rechtes Unglück für mich, daß meine Frau einmal eine Prinzessin war ... Hättest du doch damals einfach gesagt, der Junge sei von mir!«

Sie schwieg, sie dankte im stillen dem Geschick, das sie wenigstens daran verhindert hatte. »Wenn er keinen Vater hätte als diesen! Und zu denken, daß ich damals hart mit mir gekämpft habe, ehe ich die Wahrheit gestand.«

»Da sie uns nun doch nicht in Ruh lassen«, sagte der Musiker, »so gib ihn schon lieber her. Sie rücken dann wenigstens endlich mit dem Gelde heraus.«

Er antwortete auf ihr verächtliches Schweigen:

»Was du mir eingebracht hast! Mit der größten Selbstverleugnung und den schwersten Opfern hab ich deine Flucht bewerkstelligt. Die Wachen hätten mir ebensogut eins draufschießen können.«

»Sollte man dir für diesen nicht eingetretenen Fall eine Invalidenpension geben, oder sollte man dich belohnen, weil du mich geheiratet hast?«

»Die Leute haben mir riesige Summen vorgeworfen, die du mir eingetragen haben solltest. Und in Wirklichkeit habe ich nicht mal die rückständigen Honorare bekommen für die Stunden, die ich bei Hofe erteilt habe!«

»Ach was. An das alles denkt seit Jahren kein Mensch mehr.«

Er senkte den Kopf. Das war das Härteste, er war vergessen. Er sagte sich, daß in dem Augenblick, als sein Genie aufblühte, eine Laufbahn ihm offengestanden habe zu Reichtum und Größe. Aber diese entführte Prinzessin schleppte ihm am Fuß nach wie eine Sträflingskette. Er redete sich jetzt ein, man habe sie bei Hofe wegen nicht einzugestehender Geschichten loswerden wollen und habe sie zufällig ihm angehängt anstatt dem Pediküre, den es ebensogut hätte treffen können.

Die Prinzessin war jetzt überzeugt, daß er niemals etwas für sie gefühlt habe; daß er von dem Tage an, als das Glück sie ihm zugeworfen hatte, bloß darauf gesonnen habe, sie als Lärmtrommel zu benutzen, zur Anlokkung von Gaffern, Käufern, Frauen und Geld.

Und inmitten der Trostlosigkeit dieses Zusammenlebens sah sie den Zeitpunkt kommen, wo sie sich von ihrem Sohn werde trennen müssen. Sie konnte sich vor ihm selbst nicht länger rechtfertigen; sie entzog ihn aus Eigennutz dem Beruf, für den er geboren war, der Welt, in die er gehörte. Als er dreizehn war, empfand sie jede Stunde in seiner Nähe wie einen Raub, den sie unter Aufregung und Angst genoß und den er eines Tages entdecken mußte.

Als er ihn entdeckt hatte, sah sie es gleich seinem Gesicht an; es war Spannung und Befremden darin.

Er kam aus dem Collège nach Hause. Zwei Herren hatten ihn ins Sprechzimmer rufen lassen und ihn von seiner Herkunft unterrichtet. Man erwartete ihn am Hofe seines Großvaters, er hatte nur seinen Willen auszusprechen.

»Ist das alles wahr?« fragte er.

»Ich habe es dir ja immer erzählt«, sagte sie, ganz verstört.

»Du hast mir *Märchen* erzählt«, erklärte er strafend; »du hättest mich doch längst mit den Tatsachen vertraut machen sollen.«

Sie wagte nicht einmal mehr zu fragen, welches Willens er sei. Sie fragte nur, die Arme um den Hals ihres Kindes:

»Liebst du mich denn nicht?«

»Natürlich liebe ich dich, Mama. Aber du hättest es mir sagen sollen. Jetzt glaubt man's nicht einmal. Ich habe heute schon zwei Kameraden deswegen durchprügeln müssen.«

Die beiden Vertreter des Hofes kamen ins Haus; sie mußte ihr Kind ausliefern. Der Knabe verabschiedete sie gnädig, wie eine treue Pflegerin. Als der Zug mit ihm aus der Bahnhofshalle fuhr, gedachte sie unversehens ihrer anderen Kinder, der zurückgebliebenen, die sie nicht hatte wiedersehen dürfen, von denen sie nie mehr gehört hatte, um die sie gelitten und die sie endlich fast vergessen hatte. Und nun ging dieser; dort hinten, es war nicht möglich, dort verschwand er!

Sie brach ins Knie, bewußtlos. Als Ersatz für den Sohn gewährte man ihr eine reichlichere Apanage. Sie überließ sie fast ganz ihrem Mann. Es war ihr einziger Lebenszweck, mit jeder Rate, die sie ihm auszahlen konnte, sich ein wenig freier zu kaufen von allen Verpflichtungen, die sie an diesen fremden Menschen knüpften. Sie wäre jetzt gern zu ihren Eltern gezogen, aber wegen des Geldes blieb sie. Der König, ihr Schwiegervater, drohte ihr mit der Entziehung der Apanage, falls sie einen Schritt in die Welt tue.

Der Musiker hatte seine verfehlte Berühmtheit nicht verschmerzt. Er, der einst auf glänzenden Festen von Siegen Berauschte, betrank sich jetzt an Erfolgen in geringen Pensionen und Cafés, wo irgendein Fremder sich noch seines alten Abenteuers entsann. Sein Liebesglück erging sich ebenso viele Stufen tiefer. Die Prinzessin war Zeuge, wie er es bei ihren Mägden fand. Übrigens verfiel er dem Trunk. Eines Tages brachte man ihn, vom Schlage getroffen, nach Haus. Er starb. Während sie sich zur Abreise anschickte, starben gleich nacheinander ihre Mutter und ihr Vater.

Sie stand, als sie diese Nachricht gelesen hatte, vom Stuhl auf. Sie ging, und auf ihren Schultern lag ein neuer furchtbarer Druck, der Druck der äußersten Verlassenheit, durch das Zimmer und zu einer Kassette. Sie nahm einen Brief heraus; er war von ihrem Sohn. Aber er war ein Jahr alt.

5

Es vergingen noch mehr Jahre. Lindas Haar war grau. Die lange Einsamkeit hatte sie nicht erweicht, nicht gedemütigt. Sie fühlte sich stärker gesinnt als ehemals, durchdrungen von einem ruhigen Stolz auf ihr Schicksal. Es stand jetzt in gelassenem Abstande ihr gegenüber, wie ein Kunstwerk, schmerzhaft ausgetragen, das nun aus ihr heraus war und das sie gut fand.

Der alte König, ihr Schwiegervater, war endlich tot. Nur vierundzwanzig Stunden nachdem sie die Nachricht aus der Zeitung erfahren hatte, bekam sie einen Brief ihres ersten Mannes. Er war nun auch schon alt, aber er schien eher sentimentaler geworden. Er liebte sie noch, er hatte nie aufgehört, sich nach ihr zu sehnen. Sie könne ihn noch immer glücklich machen, jetzt, wo wohl keine heftigen Wünsche mehr sie fernhielten, wenn sie einfach in seiner Nähe leben wolle, unter seinem Dach, und ihm ein wenig Vertraulichkeit gönnen. Sie solle als seine Freundin kommen; kein Mensch werde heute noch Anstoß nehmen an dem, was geschehen sei, und daran, daß zwei alte Leute sich versöhnt hätten.

Sie lag beim Lesen des Briefes auf den Knien im Garten, vor einem Beet mit Heliotropen. Der Duft dieses großen Beetes war das einzige gewesen, was ihren Sohn als heranwachsenden Knaben manchmal von seinen stürmischen Unterhaltungen abgewendet, ihn mit rätselhaftem Reiz festgehalten und träumerisch gestimmt hatte. Seine Mutter zog hier noch jetzt dieselben Blumen.

Sie sah die Zeilen des Königs lächelnd an, schüttelte den Kopf und stäubte ein wenig Gartenerde von ihrem Kleid. Aber wie ihr die warme Mailuft eine ganze dicke Wolke von Heliotropduft auf einmal ins Gesicht drückte, dachte sie plötzlich mit Herzklopfen, daß nun ihr Sohn ihr wiedergegeben sei. Niemand hinderte ihn mehr, ihr Briefe zu schreiben. Ja, sie brauchte nur hinzufahren und ihn ans Herz zu nehmen! Sie hatte geglaubt, verzichtet zu haben, zu Ende gelebt zu haben. Nein! Sie war jung, sie fühlte sich sprühen und fiebern, kaum daß sie ihn wiederhatte! Sie spähte im Garten nach ihm aus, nach seiner Kindergestalt, um mit ihr die Hecken entlangzujagen.

Sie redete sich Vernunft und Ruhe ein. Sie würde hinfahren und einen Besuch machen, nichts weiter, und ihren Sohn sehen. Vielleicht würde sie auf dem Lande in der Nähe der Residenz ihren Wohnsitz aufschlagen. Er würde dann oftmals kommen, und sie umarmen, mit ihr plaudern ... Sie wusch sich die Erde von den Händen und antwortete dem König.

»Lieber Fritz,
ich danke Dir innig für Dein Gedenken, und dafür, daß Du alles vergißt, was sich in der langen Zeit verändert hat. Aber nun muß ich statt Deiner vernünftig sein. Es sind ja inzwischen nicht nur wir alt geworden; auch was wir erlebt haben, ist alt geworden, und gewichtig, weißt Du, immer gewichtiger. Wenn ich heute unter Euch träte, man würde mich kaum wiedererkennen; nicht wegen meines ergrauten Kopfes, sondern dank dem, was ich darin trage. Man würde spüren, daß da innerlich vieles geschehen ist, dem sich nicht mehr nachtasten läßt. Das, und nicht meine äußere Vergangenheit, würde Anstoß erregen.

Wer so lange wie ich aus Eurer geschlossenen, verzeih mir, etwas künstlichen Welt heraus ist, der hat eine

Menge Abmachungen verlernt, die bei Euch jedem Geist eingeprägt sind. Ich weiß kaum noch, welche ich meine. Mir scheint, sogar Eure Sprache beherrsche ich nicht mehr. Also sei mir nicht bös, weil ich ablehne.

Siehst Du, ich habe fühlen wollen, was andere Frauen fühlen, ohne die seelischen Panzer des Hoflebens. Da wir alt sind, können wir wohl drüber reden. Ich will Dir sagen, daß das nicht Lasterhaftigkeit war. Lasterhaft ist eher das Spiel mit den Leidenschaften wie mit Puppen. Ich habe leben wollen, im Ernst. Ein Mann hat mich alles fühlen lassen, lieber Gott, ein beliebiger Mann, der dessen nicht würdiger war als hundert andere, und, wie ich verstehen gelernt habe, auch nicht unwürdiger. So habe ich alles gefühlt, jedes Glück und allen Schmerz ...«

»Glück« sah auf dem Papier ganz blaß und schwach aus, wie ein halb vergessener Bekannter von einst. Aber »Schmerz« war in der Steilschrift der Prinzessin groß und kräftig hingesetzt, wie ein Freund, der täglich leibhaftig in die Tür trat.

6

So wohlerwogen und geklärt glaubte sie sich, und ihres Restes still versichert: des Glücks der alternden Mutter, geborgen im Hintergrund eines grünen Gartens, wo von Zeit zu Zeit ihr Kind an der Pforte läutete.

Aber wie sie der Stadt nahe kam, flatterte ein Schwarm Erinnerungen von den Feldern auf und beirrte sie. Und als der Hofwagen sie durch die Straßen fuhr, ward ihr fast angst, so eigen und so erregt war der Klang dieser Räder auf dem Pflaster. Es schallte von den Hoffnungen, Wallungen und Sehnsüchten, denen die junge

Prinzessin Linda mit tausend Drehungen dieser Speichen nachgefahren war. Von ihrem Sohn, dem Zwanzigjährigen, war hier nichts zu merken; sie dachte ihn sich plötzlich nicht mehr hier, er war als Kind im Häuschen von Asnières geblieben. Nur ihre eigene Jugend, die lief bebend durch alle diese Gassen. Und wie tags darauf ein Adjutant des Königs sie aus dem Gasthause abholte, sie war stumm, befangen. Sie verlangte sofort zu ihrem Sohn geführt zu werden. Man führte sie in ein Zimmer – sie stand starr, es war ihr eigenes. Sie war allein darin, die Tür hatte sich geschlossen.

Sie betrachtete die Möbel, die steifen Stühle mit den bronzenen Köpfen unter den Armlehnen: es waren dieselben; die Seide noch etwas blasser geworden. Und die Puppen, ihre vier großen Puppen standen unverändert in ihren Nischen, der springende Mars, der Merkur, der aufflatterte, einen Finger in der Luft, der eckige, feine David, die Venus – diese Gestalten aus ihrer Heimat.

Der Prinzessin war zum Weinen zumut und zum Lachen. Sie faltete die Hände.

»Mit euch hab ich gespielt, was?« dachte sie. Und mit einem Seufzer dachte sie hinzu, ganz leise: »Es war doch hübsch.«

Die Luft war prickelnd in diesem Raum, Linda kam sich hier leichter vor und beweglicher. Die Zurückversetzte hatte auf einmal die Zusammenhänge vergessen. »War es wirklich nötig, daß mein Spiel mit euch so jäh abbrach? Warum bin ich geflohen? Jaja, ich weiß, ich wollte kein Vergnügen mehr, sondern Glück. Ich wollte werden wie die andern. Bin ich's denn geworden? Ach, wer draußen geboren ward, außerhalb des Geheges der andern, kommt nie hinein. Früher war ich, wie sie das nennen, glücklicher als sie. Später wurde ich unglücklicher. Wie sie, niemals.«

Sie erhob, Tränen in den Augen und hell lächelnd, die

Hände zu den vier Statuen. »Wäre ich bei euch geblieben! Wieviel bunte Spiele hätten wir noch getrieben!«

Sie bewegte, am Sockel einer jeden, den unsichtbaren Mechanismus. Wenn die Wand zurücksprang, lachte die Prinzessin.

»Wir könnten schon noch einmal spielen. Nun kommt mein Kind, mein schönes Kind ... Willst du?« Und sie sah fragend die Venus an. Plötzlich, ganz leicht und gewandt, schlüpfte sie hinein und zog den Deckel zu.

»Nun kommt er«, dachte sie erregt. »Er wird doch nicht erschrecken, wenn seine Mutter da heraussteigt. Oh, er wird gleich an unser Versteckspiel im Garten denken. Er fällt mir um den Hals. Werden wir lachen!«

Sie hielt den Atem an, es näherten sich Schritte aus dem Innern der Wohnung. Es trat jemand ein. Ja, war das ihr Kind, der Mann mit diesem festen Schritt? Nun wagte sie nicht hervorzukommen. Er ging zurück, er rief durch mehrere Zimmer:

»Sie ist ja nicht da. Komm nur herein, Lizzi.«

Es rauschte ein Frauenkleid.

»Ich muß gestehen«, sagte seine Stimme, »sehr erwünscht kommt mir der Besuch nicht.«

»Es ist doch deine Mutter«, sagte die Frau.

»Na, *das* Verdienst hat sie reichlich wieder wettgemacht.«

»Sie ist Weib.«

Und die Frau seufzte.

»Verteidige sie nur, meine Liebe.«

»Wenn ich sie verurteilte, würde ich nicht mich selber richten? Ich liebe. Was hat deine Mutter weiter gesündigt.«

»Bitte sehr. Zwischen euch beiden ist denn doch ein gewaltiger Unterschied. Wir benehmen uns vollkommen vorschriftsmäßig, nicht wahr? Du bindest das keinem unter die Nase, daß wir ein Verhältnis haben. Deinem

Mann ersparst du mit geradezu rührender Sorgfalt alle peinlichen Eindrücke. Na und nun meine Frau Mutter. Von ihrer Schwäche für Klavierlehrer und ähnliches wollen wir ganz schweigen, aber den Skandal, den hat sie ja geradezu provoziert. Durchgehen! Eine Frau, die für den Thron bestimmt ist. Ich bitte dich, das ist gar nicht mal 'ne Sache, die bloß 'nen einzelnen berührt. Das ganze Land soll ja kopfgestanden haben damals. Die Dynastie war geradezu bedroht. Großpapa hatte vollkommen recht, daß er der Frau den Brotkorb höher hing, sobald sie über die deutsche Grenze wollte. Wen ich nicht begreife, das ist Papa. Solche Sachen verzeiht man nicht, das ist schlapp, damit arbeitet man dem Umsturz in die Hände. Und überhaupt, mir die Frau zuzumuten, ist 'n starkes Stück. Was soll ich denn mit ihr anfangen? Is doch wahr. Kommt in aller Welt bloß Gene dabei raus. Die Frau fühlt das natürlich nicht, sonst wäre sie lieber geblieben, wo sie war. Aber der Sinn für Pflicht ist ihr leider von jeher abgegangen. Und ich bin noch der, der am meisten drunter gelitten hat. Meine ganze Kindheit hat sie mich irgendwo versauern lassen, wo ich absolut nicht hingehörte. Allein die Schule, in die ich mit allem Pöbel hab laufen müssen. Und was das für 'n Anhängsel fürs Leben ist, so 'ne Mutter! ...«

»Gehn wir lieber, sie könnte kommen«, sagte die Stimme der Frau.

»Hoffentlich nicht«, antwortete er. »Mir ist das letzte bißchen Lust vergangen.«

Sie entfernten sich; es ward still. In dem Kasten unter den Füßen der Venus, des Spielzeugs der Prinzessin Linda, erstickte Schluchzen.

Mnais

Soll ich herabsteigen? Würdest du sehr erschrecken, wenn ich's täte? Ja, horch, ich bin's, zu der du im geheimen betest, wenn wie jetzt der Mond um mein Gebüsch her flimmert. Du meinst, ich wüßte nicht um dich, armer Knabe, und nennst mich deine tote Nymphe. Ich bin keine Göttin und nicht tot. Mnais bin ich, eine Sikulerin, seit langer, schlimmlanger Zeit in Marmor gefesselt, einst aber meiner süßen Glieder froh und der Sonne, die Goldreifen um sie bog, und des Quells, der sie kühl und hart machte, und des Schattens, der die ausgestreckten mit den Abbildern kleiner Blätter sprenkelte. Hirtin war ich; am Grunde des Tals, unter Farren saß ich, und meine Hand drückte die Euter des geduldigen Mutterschafes in den irdenen Krug aus. Nun ward es Abend; klagend riefen die Hirten von den Kuppen der Berge einander zu; und ich trieb, den Milchkrug hoch auf meinen blonden Flechten, die Herde heim. Sie umdrängten meine Füße; die Leiber der alten schaukelten wollig; die jungen erhoben blökend ihre hellen Mäuler zu mir; und ich war mitten in einem Getrippel wie von vielen Regentropfen und in einem warmen, befreundeten Duft. Den Wanderern bot ich einen Trunk aus meinem Kruge. Der gab mir eine Münze dafür und jener ein Stück Maiskuchen. Ein Hirt aber, Krupas, der nach Böcken riecht und dem ihr Fell um die Knöchel zottelt, griff in mein Gewand. Ich riß mich los, wie schon oft, und sprang über den Steg. Warum aber schüttelte diesmal mich Zorn? Ich reckte über meine Herde hinweg, denn sie versperrte ihm den Weg, die Hände nach dem Begehrlichen und rief ihm Schmähungen zu. Er lachte, und gekränkt drehte ich ihm den Rücken. Am Rande des Olivenfeldes aber hielt ich den Fuß an und bedachte, daß der Krug, mein schöner rotgebrannter, mit der fliegenden Nike, mir vom Kopf gefallen und zerbrochen war. Hin warf ich mich da und schrie Wehe und verwünschte, die Arme zum Himmel erhoben, den Verderber. Ach! nicht hat ihn, wie ich's erflehte, der Blitz hingestreckt, und sicher war er von einer neidischen Gottheit abgesandt – denn mit dem Zerbrechen des Kruges begann die Strafe meines harten Geschickes.

Zwischen den sanften Ölbäumen stürzte ich die Erdstufen hinan und klagte es den guten Gottheiten der Bäume, wieviel ich verloren habe. Auch meinen Schafen jammerte ich's vor. Der Krug, den der Vater aus Syrakus mitbrachte! Die Mutter wird mich schlagen, sie wird mich verfluchen! Da trat aus ihrer Hütte, unter dem weißen, unbekannten Baum hervor, Rhus, die Hexe, und rief:

»Ei, hole dir einen neuen beim Timander!«

Schreiend floh ich; naht ihr doch niemand ohne Bangen. Kein Bursche der Gegend, mag sie immerhin eine schöne Frau sein, tritt in ihren Dienst, aus Furcht, daß sie ihn verzaubere; und niemals auch bleibt ein fremder Knecht ihr lange im Hause. Eines Tages fehlt er, und statt seiner ist ein Esel da oder ein Bock, den vorher niemand gesehen hatte. Sie aber rief mir nach:

»Zum Timander geh, dem Künstler, droben in der Villa des Faustus!«

Warum mußte ich gehen? Groß war die Furcht vor der Mutter. Die Herde schickte ich heim, und am Bergabhang durchschritt ich die Obelisken des Römers. Zwischen den steilen Zypressen eilte über die steinernen Treppen das Wasser, trug Nymphen mit, von Tritonen verfolgt, und bespritzte die grünen Faune, die im Schatten lachten. »Wo ist Timander?« rief ich, und »Timander!« antwortete hinter den düster glänzenden Laubmauern eine Dryade. Ich suchte; und ich verlor mich in den langen dunklen Lauben, wo überall Bilder der Gartengötter mich erschreckten und verspotteten. Der Ausgang endlich brannte, ja, ihn umstanden rote Flammen, und in wilder Angst wendete ich den Fuß. Wie aber auch das Ende des nächsten Blätterganges rot beleckt war, wollte ich laufend hindurch, und laufend und in meinem Herzen betend, gelangte ich auf eine Wiese, die ganz voll rosigen Himmels hing. Steinbilder lagen umgestürzt im Grase, und tönerne Krüge und – ihr Götter! – der da glich ganz dem meinen! Nimmst du ihn, Mnais? Nimmst ihn und schleichst zurück? Ich spähte umher: da entdeckte ich zwischen den Büschen ein niedriges Haus und im Dunkel der Tür einen Jüngling, der mich ansah. Meine Arme sanken herab, die lieben Knie zitterten mir. Er trat auf die Schwelle; Timander war's; und er sagte lächelnd:

»Nimm dir den Krug, da du ihn dir ja wünschtest, und geh nur!«

Ich bückte mich nach dem Kruge; aber anstatt zu gehen, fragte ich:

»Was tust du? Du bist Timander? Und dies ist dein Haus?«

Er lächelte noch; oder war's der rosige Himmel auf seinem Gesicht? Ja, vielleicht war sein Lächeln der Himmel selbst. Und er antwortete:

»Ich suche in dieser Tonerde den Gott.«

Rasch beugte ich mich darüber.

»Drücke deine Hand hinein«, sagte er, und dann:

»Nun wird eine Göttin deine Hand bekommen, und vielleicht werden große Herren sie mit den Lippen berühren.«

Da ich ihn nur ansah:

»Freut dich's? Was du für Augen hast! Wild und wirr von Freiheit, wie die Augen einer Waldfrau, die hier eingebrochen wäre. Gewiß bist du eine? So neugierig stehst du da und so scheu! Rasch muß ich dich festhalten und dir deinen warmen Abdruck rauben!«

Dabei spähte er in mein Kleid, und ich merkte mit Schrecken, daß sich's vom Laufen verschoben hatte.

»O laß!« sagte er, und bewegte gleichmütig die Hand, wandte sich, ging pfeifend hinein und holte ein Brett und Lehm. Beim Kneten sah er her und weg, her und weg, aber sein Auge war so streng und allein, als sähe es gar nicht mich, als wäre mein Gesicht, das er doch abbildete, nicht Mnais' Gesicht. Mir ward es seltsam kalt.

»Laß dein Kleid fallen!« sagte er zwischen den Zähnen, und als ich erschreckt zauderte, stampfte er mit dem Fuß. Da warf ich, bevor ich's bedacht hatte, alles von mir. Ich fühlte, wie mir das Blut zu den Augen stieg, wagte nicht, die Hände davor zu heben, und mußte lassen, daß Tränen kamen. »Was wird er denken!« Aber er sah es gar nicht.

Plötzlich seufzte er tief auf, seine Hände beruhigten sich; lächelnd strich er sich die Locken aus der Stirn.

»Hüte dich, Mnais«, sagte er, »daß nicht das Auge eines Gottes auf dich fällt, wenn du nach dem Bade ruhst und schläfst.«

Und da ich erstaunte:

»Denn die Nymphe, die ihn liebt, würde neidisch werden und sich an dir rächen.«

»So schön findest du mich?« fragte ich und meinte, er müsse mein Herz pochen sehen. Auf einmal ward mir der Atem schwer.

»Dich selbst«, sagte ich, »werden gewiß Göttinnen besuchen?« Und ich spähte in sein Haus, nach dem Herd und der Bank. Er warf irgend etwas mit der Schulter weg.

»Ich verschmähe sie. Nur Athene: sie vielleicht, habe ich schon auf meiner Schwelle erblickt. Aber sie war – beruhige dich! – hart und schwer bekleidet, und die geraden Falten um sie her schaukelten nicht einmal.«

»Liebst du denn ein sterbliches Mädchen?« fragte ich und lachte.

»Ich liebe nur meinen Herrn.«

»Wie? Ein Sklave wärest du?«

»Du meinst wohl, ich wünschte mir's anders? Ein Künstler bin ich, geehrt und gut bezahlt. Was habt ihr Freien? Ihr frondet dennoch meinem Herrn – der mich nährt, mich liebt und mir Freunde gewährt ... Da bist du, Crassus!« rief er. »Freund!« Und er und der Jüngling, der aus der Laube trat, breiteten beide die Arme aus. Der andere war ein Brauner, Hagerer, mit einem Lorbeerkranz über der Stirn. Er zeigte auf mich.

»Sie hat«, erklärte ihm Timander, »einen Krug von mir gekauft und mir ihr Bild dafür gelassen.«

Dann gingen sie beide begierig um das Bild herum, eine lange Weile; und ich stand und dachte beklommen, wie ich entkomme. Wie in einen Brand war ich einst auf diese Wiese gestürzt; und nun war der Himmel erloschen und die Luft so matt.

»Dürstet dich nicht, Freund?« sagte Timander. »Mir hat die Arbeit Durst gemacht. Nimm, Mnais, deinen Krug, geh hinein und mische uns Wein!«

Ich brachte ihnen den Trunk; mir war's, wie wenn die Mutter mich hart gescholten hätte. Demütig blieb ich stehen.

»Sieh doch«, sagte sein Freund, »sie hat eine Flöte am Halse hängen: eine Hirtenflöte. Befiehl ihr doch, daß sie uns ein Lied spielt.«

»Spiele«, sagte gleichgiltig Timander und streckte sich aus. Ich spielte, indes sie plauderten und sich kühlten, bis sie im Eifer ihres Lachens einander die Arme um die Schultern legten: da schlich ich mich, immer noch spielend, in die Laube und, kaum ihren Blicken entrückt, rannte ich, von Angst brennend, durch den Garten, aus dem die Götter fort waren, und hinaus, hinweg, wo irgendein Versteck wäre.

In einem Felsspalt nächtigte ich, denn nicht wollte ich der Mutter meine Augen zeigen, und vor Tag stieg ich in den Quell Argenos und bat ihn, er solle mich schön machen, schöner als Bilder, schöner als Timanders Freunde. Er lachte, Argenos, hell, wie er immer lacht. Mit seinem Spiegel tröstete er mich. Und wie ich in die Villa des Faustus zurückkehrte, standen die lieben Götter alle wieder da. In den hohen Hecken schwebte die Morgenröte; tausend zwitschernde Stimmen regten sich darin, und ein seliger Tau fiel. Das Gras küßte mir die Füße. »Ich will ihm die Füße küssen«, dachte ich, »und ihn so aus dem Schlafe wecken.« Nun fand ich die Wiese, nun lugte ich ins Haus. Wie? Leer war's. Bangend betrat ich's, zauderte, strich mit dem Finger über ein Stück Ton, das von seiner Hand die Rundung hatte, legte die Wange auf seine Bank. Da schreckte lautes Gähnen mich auf. Timander kam über die Wiese. Er schwankte, blickte fahl, und die Rosen zerblätterten in seinem zerzausten Gelock.

»Was willst du?« fragte er mit schwerer Zunge.

Und da ich erschreckt verharrte: »Es gibt keinen Krug mehr. Hast du ihn wieder zerbrochen? Aber ich brauche dich nicht: das da ist fertig.«

Er zeigte nach meinem Bild.

»Geh!«

Und er warf sich auf die Bank. Schon hörte ich ihn im Schlaf atmen, kehrte zurück und neigte mich über ihn. Welch süße Brust! Wie Eros' Finger die kleinen Schatten weich eingesenkt hatte in die Wange des schönen Jünglings, unter seine Augen! Aber sein Mund erschreckte mich: er war wie von einem satten Tier. Feucht war er in den Winkeln, feucht von Küssen! Ich tastete über seine Haut, und die Spuren von Küssen traten heraus, auf der Stirn, auf der Schulter: überall. Ich schluchzte, schüttelte mich und sah: sah all mein Mißgeschick. »Du Verlorener!« klagte ich. »Mögest du sterben! Dein Grab werden sie Mnais lassen. Du aber gehörst ihnen!«

Wieder floh ich; und im Tal, wo sonst meine Schafe weideten und nun die harte Sonne mit sich allein war, rang ich die Hände. »Was ist aus dir geworden, Mnais? Verloren bist du! Er hat dich krank gemacht und will dich nicht heilen. Ohne ihn aber stirbst du. Nicht lange mehr soll dein Leib duften und blühn. Deine Haut wird welken, deine Glieder abmagern, und unfruchtbar und Göttern und Menschen zur Unlust, schleichst du dahin. Dem Unglück gebar dich die Mutter!« Und da ein Adler nach Beute kreiste: »Oh, nimm diese! Sie sind unnütz!« rief ich, reckte mich auf einem Stein und bot ihm, in die Luft hinauf, meine beiden Brüste.

Hirten erspähten mich, stiegen herab und umkreisten mich, spotteten und boten sich mir zur Liebe an. Krupas war unter ihnen der Dreisteste. Nackt über seinen Fellen und meckernd beugte er sich herüber und wollte mir das Kleid fortziehen. Heute aber erschreckte mich nicht sein Bocksgeruch: ich nahm nur meine Flöte an die Lippen und ging, ohne ihrer aller zu achten, spielend aus dem Tal. Ich weiß nicht, was ich spielte; mir selbst war's unbekannt; und doch flog ich darin fort, als entführte ein Gott mich in seinem Mantel: mich, die nicht mehr Mnais war, und die Häuser und Wege und Geschöpfe, die ich kannte, lägen klein dort unten – und auch das Herz, das mein gewesen war, dort unten ... Als ich mich umsah, stand ich im Dorf, und um mich her waren alle Nachbarn. Auch die Mutter erblickte ich und wunderte mich, daß sie mich nicht schmähe, sondern lächle, als machte ich ihr Scheu. Es murmelten aber Stimmen:

»Mnais ist wohl einem Gott begegnet. Laßt sie allein.«

Sie wichen zurück. Als Krupas vorbeikam, sah ich seine Stirn so voller Falten, wie wenn sich im Tempel der innerste Vorhang bewegt.

Da stieg ich, immer spielend, zum Vorgebirge hinauf, wo der Himmelsrand lang und hell ist zwischen zwei singenden Pinien und Pan auf das Meer hinab lacht.

»Du lachst, Pan«, sagte ich. »Mit dir lacht das Meer und die Erde; und ihr habt wohl recht, denn zu vielem Guten taugt alles Geschaffene. Nur Mnais ist glücklos und schlecht. Lache ihrer und nimm ihre Flöte.« Ich hängte sie ihm um, bekränzte ihn frisch und ging.

Über den blauen Wäldern begann, als es Abend ward, das weiße Haus des Faustus zu glänzen. Immer mußte ich hinaufsehen, und alle Wege führten ihm entgegen. Nun unterschied ich Säulen und nun Rosengewinde. Wie ich aber am Gartentor ankam, war auch die letzte der hohen Marmortreppen vom Laub verschlungen. Umsonst suchte ich sie wieder, am Ende aller Lauben, von den Schultern der Brunnenreiher, aus den Kronen der Bäume, die ich bestieg. »Entrückt ist er, liegt den Freunden im Arm und weiß nichts von Mnais.« In einem Dickicht schlief ich ein, obwohl aus dem Finstern mich Augen anfunkelten; erwachte beim Grauen und horchte: aber nur Ratten pfiffen zwischen nassem Gestein. Er kam nicht in der Nacht, nicht am Morgen und bis zum Abend nicht. »Sie haben ihn mir geraubt für immer!« Aber im Dunkeln fand ich ihn neben einer Steinbank hingestreckt; Füchse berochen ihn; – und ich kniete nieder, legte seinen Kopf mir in den Schoß und behütete, den Fledermäusen wehrend, seinen Schlaf.

So trieb ich's; im Dämmern erst kam ich; und nur dem Schlafenden, dem trunken Heimtastenden näherte ich mich. Einst sah ich ihn, der unter dem Handrücken hervorblinzelte, und um ihn her auf der mondblauen Wiese war ein Ring tanzender Nymphen, deren harte kleine Vogelstimmen ihn neckten und lockten. Das Herz entsank mir. Aber ungestüm brachte Zorn es mir zurück, und ich stürzte vor. Da entflohen die Nackten mit Gekreisch und bewußtlos sank Timander an diese Brust.

Eines Abends dann: nichts ahnend trete ich auf die Lichtung vor sein Haus, da steht er mit vielen Freunden, alle stumm, und hoch auf dem Gerüst, hell und schön, ich selbst: ja wirklich, die Form der Mnais, halb aus dem Marmor getreten. Schon hatte ein Ach mich verraten, und sie holten mich Erschrockene herbei.

»Willst du einen Krug?« fragte Timander mich. »Du hast mir Glück gebracht. Die Freunde loben dein Bild und verlangen es von mir in Stein. Ich gehorche. Gehorche auch du und lege dein Kleid ab.«

»Vor uns allen?« sagte Crassus. »Man sieht, Timander, daß dir die Frauen mit nichts gefällig sein können als mit ihrem Umriß. Was sie sonst etwa noch zu verschenken haben, gönnst du jedem.«

Ich aber, meiner Schande mir bewußt, streifte mit einer Begeisterung, die mir schwindlig machte, das Leinen von meinen Gliedern ... So stand ich und bot mich preis. »So will ich stehen bleiben«, dachte ich; »will mich nie mehr rühren. Mnais lebt nur noch in der Hand des Timander, die an ihrem Nacken feilt und dabei ihre Brust umspannt.« Ja, ich fühlte in meinem Fleisch den Druck, die Wärme, den Schlag seiner Hand, die den Marmor bearbeitete. Noch oft geschah mir's so, und jedesmal war ich nachher an allen Gliedern wund durch seinen Hammer und glücklich: von einem aufzehrenden, bösen Glück, nach dessen Heilung ich weinte, Tage und Nächte mit Tränen vollweinte, deren er nicht achtete.

Eine andere ward ihrer inne: Rhus, die Zauberin. Sie rief mich an, wie ich vorüberkam. Ich wollte laufen, aber ich hörte:

»Du liebst den Timander!«

Und da mußte ich stehenbleiben.

»Ich wußte es«, sagte Rhus. »Als ich dich zu ihm schickte, war mir bekannt, welches Geschick dir die Götter bestimmten. Willst du nun, daß er dich liebt?«

Ich drehte mich nach ihr um; aber sehen konnte ich sie nicht, wegen der hervorbrechenden Tränen.

»Dann geh und bring mir ein trächtiges Schaf.«

Ich holte es eilends. Als ich zurück war, lagen die Erdstufen mit den Ölbäumen im Abendschatten. Die Pforte zu Rhus' Gärtchen war aus einem einzigen Brett, das ächzte wie in einem bösen Traum; und ungewiß, wie weiße, tote Augen, blickten die Beeren des unbekannten Baumes herüber: ja, wie Augen von Erdrosselten. Das Haus, hoch und schmal, hatte als Rückwand den Felsen, war grau wie er, und steingrau umarmte es der tückische Baum. Ganz in Fels und Baum stak das Haus; aus dem Fenster sah der Ast, der zur Tür hineinwuchs; und deutlich gewahrte ich, daß aus seinem bleichen, schlaffen Laub ein Gesicht sich neigte, das alte Gesicht der steingrauen Dryade.

»Rhus!« rief ich in Angst, aber sie kam nicht.

»Rhus!«

Da sprach ihre Stimme von oben aus dem Ast:

»Erhebe deine Hand!«

Ich tat es; meiner Hand schauderte, denn klebrig und kalt waren die weißen Früchte, kalt auch und biegsam wie Schlangen die Blätter, und über meinem Scheitel, im Laub, umspannte meine Hand ein Gefäß.

»Verschütte nichts!« sagte Rhus' Stimme.

Behutsam hob ich's herab; es war voll fast bis zum Rand, glänzte dunkel und duftete herb.

»Gib es ihm zu trinken«, sagte Rhus' Stimme.

»Er wird sterben, aber vorher wird er dich lieben ... Zittere nicht! Denn was du verschüttest, ist Liebe, die du nie schmecken wirst ... Sein Tod macht dir Angst? Du stürbest lieber selbst? So stirb! Und dein Lohn soll sein, daß er dich liebt, sein Leben lang nur dich, ob auch längst Mnais' Adern erstarrten und in ihren lieben Augen kein Licht mehr wohnt.«

»Was wird geschehen?« fragte ich, und Kälte überzog mich. »Muß ich denn wirklich den Tod erleiden?«

Rhus' Stimme erwiderte:

»Schweig und folge! Wo nicht, verschütte immerhin den Saft! Die Erde trinkt ihn, und Timanders Liebe ist begraben.«

»Was soll ich tun, Rhus?«

»Steige hinab ins Haus, stütze den Kopf an die Wurzeln des Baumes und dann trinke!«

Da setzte ich den Fuß an und ging Schritt vor Schritt dem Hause zu. Meine beiden Hände waren um die Schale und meine Augen fest auf ihr; aber in meinen Ohren waren auf einmal lauter Stimmen, von Tieren, von sanften Frauen, die aus den Ölbäumen herausgetreten waren.

»Mnais«, sagten ein Nachtvogel, der meine Wange streifte, und ein Zweig, der mich an der Schulter berührte. »Mnais, verschütte den Saft und behalte dein süßes Leben!«

Und mir zu Füßen flüsterte es:

»Ich bin nur ein kleines Gras, und dein Fuß kann mich töten. Ist er aber an mir vorbeigegangen, dann lebt noch immer Pans Atem in mir und glücklicher bin ich dann als Mnais, die starb und von Timander geliebt wird.«

Ich aber verschloß meine Ohren und stieg, den purpurnen Himmel und die warme Erde meidend, von der Schwelle ins Haus hinab, Stufe nach Stufe, in mein Grab; und am Ende meiner erhobenen Arme, bedächtig, daß ich nicht ausgleite, und sorgsam, daß kein Tropfen zu Boden falle, trug ich meinen Tod vor mir her. Die Wurzeln des unbekannten Baumes waren schlüpfrig wie Eis; und als ich ihnen rückwärts meinen Hals zubog, schlossen sie sich darum wie Zangen. Ich erschrak, hatte Furcht, meine Hände möchten zittern, und trank; trank und starb.

Und ich erwachte und sah zu meinen Füßen Timander. Über sein Gesicht, zu mir erhoben, floß das Mondlicht. Es floß auch auf Wiesen und Hecken und von der

Schwelle seines Hauses: lautlos und bleich. Timander dachte, lautlos:

»Nur dich lieb ich auf Erden! Was sind mir die Freunde! Ich möchte frei sein, um mit dir mich zu verbergen.«

Und ich antwortete ihm mit meinen Gedanken:

»Ich habe dich lieb, Timander!«

Er dachte wieder, und ich verstand ihn:

»Mnais ist verschwunden. Niemand hat sie gesehen. Ein Gott, sagt man, hat sie entrückt. Ich kenne den Gott: er bewegt meinen Meißel. Ihre süße Seele ist nun in meinem Werk: drum kann sie nicht mehr unter den Menschen umhergehen.«

Da bemerkte ich, daß seine Hände meine Knie umfaßten und daß ich's nicht fühlte; sah seinen Mund auf mich zukommen und empfand nicht seinen Druck; und erkannte, daß ich steinern sei. In mir entstand ein Quell von Tränen, deren keine einzige hinausdurfte, und unter den Tränen antworteten ihm meine Gedanken:

»Es war gut, Timander, daß ich für dich starb.«

Soll ich herabsteigen? Zu dir, Knabe, der in jeder Nacht, trotz den Wächtern, trotz den eisernen Stacheln sich über die Gartenmauer wagt, um im geheimen, während der Mond um mein Gebüsch her flimmert, zu mir zu beten? Du liebst mich, und mich liebte Timander. Glaube nicht, du seiest der erste. Wohl seufzte Mnais, solange sie ihrer süßen Glieder sich freute, umsonst nach dem Herzen des Timander; seit sie aber als Stein verwittert, fiel ihr seins zu und das anderer Männer und deins. Willst du davon hören? Du, dessen im Mondlicht schmachtendes Gesicht ein wenig dem des Timander gleicht? Vielleicht kennen sich eure Seelen. Ich will dir erzählen, und es wird mir, quäle ich dich ein wenig, scheinen, als quälte ich den Timander.

Kein treuerer Liebhaber hat einer Sterblichen gelebt. Er wachte zu meinen Füßen und schlief im Grase, in das er mich bettete, auf meiner Brust. Nicht ermüdete ihn die Kälte meiner harten Glieder; sondern tief in den unbeweglichen erriet und fühlte er die Schauer von Mnais' wandelbarer Seele: und doch war sie ihm einstmals nichts als eine scheu und neugierig vorgeneigte Fremde gewesen, eben nur vom Wert der Tonerde, in die sie ihre Hand drückte. Begreifst du's? Ich nicht. Nur eine mitleidige Lust machte mir der Fall des Stolzen; und glücklicher liebte ich ihn, da ich seiner in meinem Herzen ein wenig spotten, ihn ein wenig verachten durfte.

»Du starbst für mich?« fragte er und suchte in meinen erblichenen Augen. »Sag es mir, meine tote Nymphe!«

Aber ich verschloß mein Herz, damit es nicht denke:

»Es ist gut, Timander, daß ich für dich starb.«

Seine Freunde kamen, seine Herren, und wollten ihn zurückholen. Einst überraschte Crassus ihn, wie er sein Gesicht an Mnais' Herzen geborgen hatte, trat unhörbar im Grase herbei und schlug ihn. Timander fuhr herum.

»Vor dieser!« rief er schrill und fuchtelte.

»Sie sieht nicht«; und Crassus verhöhnte ihn für seine Liebe zum fühllosen Stein. Dann umschlang er meinen Geliebten und bat. Timander setzte sich auf meinen Sokkel und schloß die Augen. Er widerstand wie eine Frau. Crassus ward zornig, ging fort und drohte ihm mit Faustus, dem Herrn. Der kam: ein fetter Alter, auf zwei Sklaven gestützt, der laut atmete und übel roch. Er zwinkerte dem Crassus zu und sagte, ich gefalle ihm, er wolle mich hinauf nach dem Hause tragen lassen. Vergeblich warf Timander sich ihm zu Füßen.

»Ich will dich freilassen«, sagte Faustus. »Aber dein Werk gehört mir.«

Als er fort war, fragte Timander mich:

»Soll ich dich zerschlagen?«

»Tu's, Lieber«, sagte ich. Er aber:

»Faustus würde befehlen, mich mit Ruten zu peitschen.«

Und er ließ es. Ihr Zärtlichen duldet wohl nicht gern Schmerz. Ei sieh! Ihr möchtet, daß man für euch stürbe, zum zweitenmal stürbe; aber die Rutenstreiche, die es euch kosten würde, reuen euch!

So stand ich nun, auf der Seite, wo das ruhelose Meer sie bespült, am Gipfel der weißen Treppen, umschwankt von Rosenketten, umwirbelt von Weihrauch und umdunstet von Wein, Gewürzen und gesalbten Knabenleibern. Aglaë, eine Flötenspielerin, die ich Lebende gekannt und wegen ihrer Feilheit beschimpft hatte, lehnte sich an mich, an diesen jungfräulichen Leib, und ließ sich von Trunkenen küssen. Nur wenn am fahlen Morgen alle im Schlafe röchelten, konnte Timander, ein Freigelassener, der die Freiheit fürchtete, über sie fort bis vor meine Knie kriechen. Eine Dirne riß ihn um, dem die Lider sanken; – und über dem üblen Atem jeder sterbenden Orgie verharrte Mnais, den windigen Morgen auf ihren spiegelnden Hüften, hoch und allein.

Noch immer sah ich meine Glieder rein und glatt; und jene welkten, verschwanden, wechselten. Timander war nicht wie sie und nicht wie ich. Alt war er und jung zugleich. Ihm hingen nun graue Strähnen im blonden Haar, und sein müdes Gesicht war das eines Knaben, der zu lange gewacht hat. Er konnte noch schmollen, lispeln, schelmische Streiche ausdenken; und die Fremden, Neuen verachteten ihn dafür. Nur Mnais verstand ihn. Einst kam ein Mächtiger, dem Bewaffnete voranschritten; und Timander stürzte aufgeregt herbei.

»Crassus, du bist's?« – atemlos vor Glück.

»Auch du noch da?« sagte kalt der Mächtige. Keinen Lorbeerkranz mehr trug er; aber in seinen verwitternden Falten, im Winken seines Fingers selbst war der Ruhm. Timander ließ die Arme sinken.

»Du bist gewichtig geworden, Crassus«, sagte er,

schüchtern spottend, »und nicht jünger. Altern wir denn wirklich? Diese hier« – und er zeigte auf mich – »bleibt doch dieselbe!«

»Noch immer der Narr«, erwiderte Crassus, »der Spieler!«

Timander aber:

»Spielt nicht auch ihr? Ich habe nie verstanden, wie ihr euch ernst nehmen konntet! Weißt du wohl noch, als ich einmal zu euch gesprochen habe wie ein Tribun, weil ihr einen unschuldigen Sklaven gekreuzigt hattet? Ihr wolltet mir zürnen. Ich hoffe, du zürnst mir nicht mehr. Ist nicht alles nur Ton, worin wir spielend nach Göttern suchen?«

Crassus blickte auf mich. Dann nickte er dem Timander zu. »Eins gelang dir. Treibe es in deiner Art und lebe wohl!«

Er sprach zu ihm gnädig und mit Ungeduld, wie zu einer Frau, die man nicht mehr begehrt; und er wandte sich weg.

Ich aber, die den Timander alt und verlassen sah, gedachte in meinem Herzen meiner verlorenen, warmen und süßen Glieder, die von der Sonne in Gold gebogen, vom Quell kühl und hart gemacht, vom Schatten mit den Abbildern kleiner Blätter gesprenkelt wurden; und erschauerte in neuer Angst, weil sie so lange schon vermodert waren im Hause der Rhus und bald nun auch Timander in Staub fallen sollte. »Armer!« dachte ich. »Besser in Stein gekerkert fortdauern, als mit dem Fleisch das süße Leben lassen müssen!« Timander aber nahm das Kinn aus der Hand, schob sie in die Brustfalten seines Kleides und trat vor mich hin.

»Dennoch«, sagte er, aufgerichtet, »bin ich's, der dich machte!«

Auf seltene Art aber starb er und schöner als die meisten. Denn als Barbaren uns überfielen, die anderen alle in verzweifelter Gier, die Neigen des letzten Festes noch im Hals, durch Schwerter dahinsanken wie sonst durch Kelche und um mich her Blut dampfte statt Wollust: da lehnte sich mit ausgebreiteten Armen an Mnais, die ein Wilder bedrohte, Timander – und ließ sich durchbohren und vergoß sein Blut über Mnais Timander. Bist du zurückgekehrt, Timander? Stehst vor meinem Gebüsch, um das der Mond flimmert? Lange erwarte ich dich, Timander, ich habe dich lieb, und es war gut, daß ich für dich starb!

Nicht lieblich waren, seit du mir entschwandest, meine Tage. Ich ward übers Meer gefahren und trauerte in einer Ebene unter den Resten von meines Herrn Reichtümern, versank, indes ich meinen Leib verwittern und meine Hüften rauh und grün werden sah, Zoll um Zoll in Gras und Sand. Ein Mensch in einer braunen Toga, mit einem Strick um den Leib, zog mich hervor, und als er viele seinesgleichen herbeigeholt hatte, betrachteten sie mich mit gierigem Haß, schmähten und steinigten mich. Dann berieten sie, zerrten mich in eine Stadt unter viel Volk, hängten mich in Ketten auf und lasen mir mein Urteil von Pergamenten. Die Zauberin Diana nannten sie mich. Der mich hervorgezogen hatte, ein abgezehrter Junger, war der Vergiftetste, in seiner Bosheit Häßlichste. Er zerbrach meinen Arm. Des Nachts aber, in die einsame Grube, wohinein sie mich geworfen hatten, brachte er mir meinen Arm zurück, küßte mich und legte sich, mit den Zähnen klappernd, zu mir ... Aber jenes Volk behauptete, ich sei sein Unglück, und es trug mich auf das Gebiet seiner Nachbarn und scharrte mich darin ein.

Wie lange wohl meine lieben Augen begraben geblieben sind? Als wieder die Erde von ihnen abfiel, erblickte ich sehr bunte, laute Menschen, und ihr Herr, einer im goldenen Brustpanzer mit einer schreienden Medusa darauf, umarmte mich und rief lärmend, er wolle sich mir vermählen. Wo wir vorbeikamen, waren Altäre erbaut, kniete Volk und schwangen erzene Klänge durch die Luft. In einem Saal, beim Mahl, wo es nach ganzen Schweinen stank, die vergoldet waren, dachte ich der weißen Säulen des Faustus, zwischen denen einst Weihrauchkreise zu mir aufstiegen, und des gemessenen Crassus und des anmutigen Timander – und Verachtung entrückte mich diesen, die mich lieben wollten.

Sie starben; und andere führten die Nymphe, die Diana, die Waldfrau oder Aphrodite in ihre Galerien, ihre Gärten, maßen sie durch Gläser, zeichneten sie, verkauften sie und schwärmten sie an; – und immer war's doch nur Mnais, eine Hirtin, die scheu und demütig sich über die Hand des Timander beugt, des Jünglings, den sie lieben wird.

Soll ich herabsteigen? Würdest du sehr erschrecken, wenn ich's täte? Ach, das Mondlicht verrinnt; schon bespült es nur noch den Rand der runden Steinbank um mich her und meiner Nische und des Gebüsches, das von Morgenluft zu rascheln beginnt. Gähnend würde der Wächter nahen, würde uns überraschen und dich fangen, Knabe. Drum flieh, eh es Tag ist, damit du zur Nacht wiederkommen kannst. Mnais erwartet dich. Oh, sie fürchtet nicht, daß du ausbleibst. Von der Art des Timander bist du, und nicht wird ein Mädchen, das noch seiner warmen Glieder sich freut, dich mir wegnehmen. Deiner toten Nymphe gehörst du. Laß immerhin deinen liebenden Atem meine kalten Glieder bestreichen ...

Aber du hörst mich wohl nicht mehr? Erstirbt schon, da die Vögel erwachen, meine Stimme? Schon zweifelst du wohl, daß ich's war, die so lange zu dir sprach? Aber ich war's, Mnais, eine sizilische Hirtin, die den Timander liebte, die er liebte und die von vielen geliebt ward. Hörst du? Aglaë, die Flötenspielerin, spottete einst, als wir, noch unerwachsen, unserer Väter Schafe hüteten, meiner zu schmalen Glieder, meines langen Halses. Längst ist sie bei den Schatten; Mnais aber liebst du, Knabe. Soll ich herabsteigen? Nein, flieh, lebe wohl, setze behutsam die Sohlen auf den Kies; – und eilst du an der schrägen Wiese vorbei, auf der in den geröteten Himmel Pegasus die Flügel breitet, dann hüte dich, ihm zu nahe zu kommen, damit er dich nicht ergreift und mit sich reißt. Denn dies ist die Stunde, da er auffliegt.

Der Tyrann

Der Herzog sitzt aufgestützt und eine Hand an der Schläfe. Hinter der niederen Tür in der Holztäfelung klopft es leise. Er schrickt auf. Mit der Hand zum Herzen:

»Es ist soweit? ... Wie lächerlich aufgeregt ich bin! Und ich fürchte mich doch nur, weil sie schön ist? ... Werde ich sie besitzen: vorher noch? Schulde ich es mir nicht? Dann werde ich sie also besitzen.«

Er geht gesenkten Kopfes umher, bleibt vor dem großen Spiegel stehen und starrt hinein.

»Warum empfange ich sie: vorher noch? Wer zwingt mich? Den Befehl, den ich in einer halben Stunde geben werde, kann ich ihn nicht gleich jetzt geben? Muß ich mir erst beweisen, daß ich sie nicht fürchte?«

Er atmet keuchend, hastet zum Tisch, entnimmt ihm einen Dolch und verbirgt ihn im Uniformrock. Er will zur Tür. Anhaltend:

»Eine Frau!«

Und er zieht den Dolch hervor und trägt ihn wieder zurück.

»Ich fürchte sie doch nur, weil sie schön ist!«

Grübelnd:

»Das ist das Unleidliche: sie begehrt zu haben und nun, indes ich sie besitze, mir vorstellen zu müssen, wie sie – nachher sein wird. Denn nachher wird sie aussehen, wie die andern aussahen: wie alle Menschen aussehen, an die ich rühre.«

Sich aufrichtend, mit bösem Lächeln:

»Die an mich rühren.«

Es klopft, noch leiser als das erstemal. Er öffnet und spricht hinaus.

»Ihr habt die Dame mitgebracht? Bittet sie, näher zu treten.«

Die Stimme einer alten Frau:

»Herbei, Signora, Seine Hoheit ruft Euch.«

Er tritt von der Tür zurück. Steif:

»Ich warte.«

Die Stimme der Alten:

»Wo bleibt Ihr, Signora? Was fällt Euch ein, den Herrn Herzog warten zu lassen? Wohin habt Ihr Euch versteckt, im Schatten all dieser hölzernen Heiden?«

Ein Gepolter. Ein Schrei. Die Stimme der Alten:

»Signora Raminga! Was ist Euch geschehen?«

Raminga Guidati stürzt wankend herein. Sie ist in einem gebauschten dunkeln Seidenkleid, über dem Scheitel schwarze Spitzen, die unter der Brust undurchsichtig verknotet sind.

Der Herzog:

»Sie sind also gekommen, schöne Raminga. Aber ich erwartete Sie nicht so bleich zu sehen –«

Leiser, starr:

»– schon beim Kommen.«

Raminga:

»Hoheit, ein Schwert ist gefallen.«

»Ein Schwert?«

»Vor mir nieder. Es streifte meine Brust und meine Hand.«

»Sprechen Sie im Fieber?«

»Warum befahlen Sie der Kupplerin, mich durch diese dunkle Theaterruine zu führen? Mir schauderte gleich: es roch nach Moder. Die geschnitzten Bilder auf den Galerien bebten, wie ich ging, und wollten auf mich herabspringen. Einer ließ sein Schwert fallen: warf es vielleicht nach mir?«

»Sie sprechen wahrhaftig, wie jemand spräche, der das Schwert – verdiente.«

Sie rafft sich zusammen.

»Ich verstehe Sie nicht, Hoheit. Wissen Sie nicht, was es bedeutet, wenn zwischen zwei, die sich lieben, eine Waffe fällt? Einer von ihnen wird sterben. Sie lieben mich, ließen Sie mich wissen. Und mir –«

Sie nimmt die Haltung der Schamhaftigkeit ein.

»– sind Sie nicht gleichgiltig.«

Er steht befangen.

»So begreifen Sie doch, daß dies Schwert, das herabfiel, mich um Ihretwillen in Schrecken setzte!«

Der Herzog, noch befangen:

»Was haben Sie mit Waffen zu tun, Signora?«

Er richtet sich auf, sieht sie scharf an.

»Fürchten Sie nicht auch für sich?«

Pause.

Er, weicher:

»Wenn durch unsere Liebe denn einer sterben müßte: soll ich Sie ungeliebt lassen? ... Gehen Sie! Sie sind frei.«

Mit einem kindlichen Lächeln, nahe daran, zu bitten:

»Nichts ist geschehen. Ich werde vergessen. Nein: danken werde ich Ihnen Ihre Sorge und Sie ehren, Signora.«

Sie, mit Verachtung:

»Sprechen Sie als Mann?«

Er, umschlagend, plötzlich nichts als galant:

»Sie haben recht. Wie könnte ich auf Sie verzichten. So lange schon bete ich Sie an. Sie sind, meinen Sie, meinem Leben gefährlich; aber macht die Gefahr Sie nicht noch schöner? Signora, ich liebe die großen, starken Frauen. Wie Sie, denke ich mir die Judith ... An Ihrer Hand ist ein wenig Staub von dem Schwert, das Sie gestreift hat. Lassen Sie zu, daß ich ihn wegküsse!«

Indes er gebückt steht, führt sie die Rechte an den Knoten des Spitzenschals, zögert und senkt sie.

»Wie Sie jung sind, Hoheit! Ich wußte wohl Ihre Jahre, aber ich glaubte, Ihr Gesicht müßte älter sein als Sie; und nun ist es jünger. Ihre – Taten müßten Sie gealtert haben. Haben sie Sie denn verjüngt? Ich sehe einen sehr reinen Siebenzehnjährigen. Ein Kind. Ein Kind soll ich –«

»Was denn, Signora?«

Sie erschrickt.

»Lieben? ... Wie Sie sich stattlich gemacht haben, Hoheit! Die großen Aufschläge Ihres Rockes kleiden Ihre Brust ganz in Scharlach, wie einen –«

»Henker?«

»O nein! Wie einen Fürsten! Sie sehen aus, als empfingen Sie einen Ihresgleichen, und nicht nur eine fremde Frau. Wollten Sie mir denn gefallen? Welch weiche Knabenhand, worauf die lange Gemme mit dem Basilisken so unheilvoll glimmt! Auch Ihr Arm ist weich, und Ihre Brust ... Kein Panzer? Wie? Unter Ihrer Uniform ist kein Panzer! So ist es nicht wahr, daß Sie gepanzert Audienz erteilen, daß Sie gepanzert – schlafen?«

»Auch mit einer Geliebten? ... Sie vergessen, scheint es, über Ihren Fragen, Signora, wozu Sie kamen.«

»Wie sollte ich nicht um den besorgt sein, der mich geraubt, mich in Flammen versetzt hat! Ich sah Sie, ritten Sie unter meinem Fenster hin, immer nur bedeckt von Ihrer Wache. Hinter all den braunen Gesichtern verschwand Ihres weiß und ganz schmal. Ich konnte kaum die Breite Ihrer Schultern ermessen; nicht mein Auge zog mich zu Ihnen, nein, meine Seele. Der Nachhall Ihrer Karosse verfolgte mich durch eine schlaflose Nacht.«

»Ihre Augen, Signora Raminga! Warum verhängen Sie mit dem Schleier Ihre Augen?«

»Oh! aus Scham über mein Geständnis. Aus Scham über das, was ich nun gesagt, und über das, was ich schon getan habe. Denn ich habe mich Ihnen angeboten. Mußte ich's nicht? Sie waren schüchtern wie ein Kind. Monatelang haben Sie täglich meinen Blick gestreift und bei seinem Zeichen die Lider gesenkt. Ich war genötigt, damit Sie mir die Kupplerin schickten, vor Ihren Augen aus dem Bade zu steigen ...«

Der Herzog, die Zähne zusammengebissen:

»Sie haben eine sehr schöne Brust, Signora.«

Er nähert sich ihr; und er läßt die Hand, die sie betasten sollte, wieder sinken.

»Sie sind sehr gütig, daß Sie gekommen sind. Aber haben Sie bedacht, welcher Art meine Geliebte sein müßte? Sie sahen schon, daß ich noch unlängst ein Knabe war. Auch bin ich sehr allein. Mir wäre eine Beschützerin nötig, fast eine Mutter.«

»Sie haben eine, aber Sie haben sie verbannt.«

»Eine Mutter, die mich lieben würde. Ich bin von allen Menschen ungeliebt.«

»Sie beklagen sich: Sie?«

Er lächelt zaghaft.

»Ich sage nur, daß die meine Geliebte wäre, die mich warnt, die abwechselnd mit mir wacht; denn keiner andern Wache darf ich trauen; – die den Dolch, den jemand mitgebracht hat, durch die Mantelfalten hindurch erspäht und ihn von meiner Brust fortstößt ...«

Sanft eindringlich:

»Warum sind Sie erschrocken, Signora?«

»Warum? Reden Sie denn nicht Schreckliches? Das Leben, das Sie für das Ihre ausgeben, wäre schlimmer als Sterbenmüssen. Aber Sie übertreiben. Wie sollten Sie der Ihren nicht sicher sein? Die Stadt weiß zu gut, daß Sie sich auf die Ihren verlassen können.«

»Auf mein Gesinde, meine Schergen? Nicht auf die Besseren von ihnen. Vielleicht die nächste Verschwörung wird ihr Ehrgefühl aufrütteln, und sie verlassen mich. Auf die andern – wohl; denn ihre Verbrechen, in meinem Dienst begangen, machen ihnen die Rückkehr zu den Menschen unmöglich. Nicht ganz doch; es gibt eine Tat, mit der sie von allen andern sich loskaufen, kraft deren sie unter die Guten wieder aufgenommen werden könnten.«

»Was müßten sie tun?«

»Mich töten.«

»Sie – spielen mit dem Grausigen! Ihre Gedanken sind so ganz auf Schlimmes gerichtet, daß Sie noch in der Milch einer Mutter nach Gift suchen würden.«

»Wer sagt, daß keins darin wäre? Auch ein Ei scheint ein unschuldiges Gericht, wie? Aber ich habe einmal in der Schale eines Eies, das ich essen sollte, ein Loch gefunden; oh, ein winzig kleines, das niemand gesehen haben würde als nur ich, dessen Beruf das ist. Und der Hund, der das Ei fraß, starb.«

Er lacht auf, reibt sich die Hände.

»Noch ist's keinem gelungen, mich umzubringen; und wer weiß, ob ich nicht immer durchkommen werde. Die Kirche betet für mich; aber ich verlasse mich nicht so sehr auf sie als auf meine Geschicklichkeit. Sie macht mich stolz; ein Leben, das schon oft gewaltsam abgebrochen werden sollte und es nicht ward, ist voller Genugtuungen. Oder glauben Sie, Signora, daß es nicht mein Selbstgefühl erhöht, wenn ich einen meiner Leibwächter die Summe nennen höre, für die er mich umbringen soll, und ich stehe als Pferdeknecht hinter ihm? Denn Sie können nie wissen, Signora, ob nicht der kleine Wasserverkäufer, der Ihnen einige Tropfen Anis ins Glas spritzt, der Herzog ist; oder ob nicht mitten in der fremden Schauspielertruppe euer Tyrann euch mit einem Spaß zum Lachen bringt. Ich bin ein Künstler, Signora. Mehr, als Sie glauben!«

»Niemand, der dies ungezogene Knabenlachen hörte, würde erraten, daß es über Leichen erschallt. Sie machen mich starr vor Trauer, Hoheit. Aber ist Ihnen denn so wohl, wie Sie vorgeben? Ich bin eine Frau; und ich sehe Sie in diesem Augenblick ganz als ein Kind, sehe Sie, wie wenn Sie mein eigenes Kind wären. Und ich glaube nicht, daß Ihr Lachen lustig war.«

Er sieht, verstummt, an ihr vorbei.

»Was glauben Sie also?«

»Daß Sie bemitleidenswert sind. Daß Sie vielleicht doch nicht alles wissen, was um Sie her geschieht, für Sie und in Ihrem Namen.«

Da er abwehrt:

»Mich hat vorhin Ihr Lächeln enttäuscht; es ist so zart und scheint von Güte zu wissen. Ich dachte, ehe ich kam, nicht daran, daß Sie lächeln würden.«

Die Finger verschränkend und lösend:

»Jetzt bin ich nicht mehr sicher, was zu tun ist.«

Der Herzog, mit einem streng klagenden Seitenblick:

»Und vorhin waren Sie es? Warum begehrten Sie nach mir, Signora?«

»Sie wollen, daß ich's sage? Fast möchte ich's. Was kann ich –? Der Schrecken, den Sie verbreiten, zog mich an. Das Ungeheure, das über Sie umgeht, machte mir heiß. Halten Sie es für verirrte Neugier, für böse Lust. Genügt Ihnen das nicht? Sie müssen doch schlecht denken von den Frauen? Verachten Sie nicht die, die Sie gekannt haben?«

»Ich habe noch keine gekannt.«

»Keine –? Aber alle die, die als Ihre Opfer beklagt werden!«

»Vielleicht hatte ihnen jemand ein Kind gemacht, und welche Ausrede wäre bequemer, als daß sie vergewaltigt seien vom Tyrannen?«

»Träume ich denn? Aber Sie sind es doch, der den jungen Valente und seine Freunde an sich gelockt, sie verraten und dem Henker preisgegeben hat.«

»Ich war ihr Freund.«

»Zu ihrem Verderben! Hätten jene jungen Leute den Minister Vampa beseitigt, ohne Sie einzuweihen, wer weiß, wie sehr Sie, auf den Thron gelangt, es ihnen gedankt hätten.«

»Ja, wer weiß das. Sie nicht; aber vielleicht ich. Ich war ihr Freund.«

Raminga, ausbrechend:

»Schänden Sie nicht noch heute das Gefühl, das die Unglücklichen Ihnen schenkten! Jene waren jung, zu jung: sonst hätten sie sich nicht der Hoffnung schuldig gemacht, einem Geschlecht von Unterdrückern könnten sie einen Befreier abgewinnen; hätten nicht, da es galt, den Zutreiber des Herzogs zu erlegen, sich dem Prinzen vertraut; hätten seinen Freundschaftsschwüren den Hohn eisigen Respektes entgegengesetzt.«

Er, mit Feuer:

»Oh! Das taten sie nicht. Wir liebten uns. Es war das einzige Mal, waren die einzigen. Gino! Seiner bin ich sicher! Als sie sterben mußten: als wir entdeckt waren; der Beichtvater brachte alles heraus; meine Mutter handelte, denn mein Vater hatte seinen Verstand nicht mehr, und sie gab mich für den Spion aus, der sich in die Freundschaft der Verschwörer eingeschlichen und sie ausgeliefert habe: – als sie dann sterben mußten, oh! seiner bin ich sicher, er hat das Grauenhafte, das ihm über mich zugeraunt ward, nicht gelten lassen; er ging von mir ohne Verdacht; er hat den Glauben an mich mit hinabgenommen!«

Raminga, außer sich:

»Er? Er verachtete seinen Mörder!«

»Es ist nicht wahr!«

»Er bestaunte seine Niedrigkeit! Er starb gern, so sehr hatten Sie ihn über das Leben enttäuscht!«

»Es ist nicht wahr! Nicht wahr!«

Er sträubt sich, mit verzweifelten Armen.

»Was wagen Sie! Woher wissen Sie!«

»Woher? Der Valente war mein Bruder!«

Sie taumelt gegen einen Sessel. Sie beißt sich in die

Knöchel der geballten Hand. Er streckt die seine gegen sie aus.

»Sie verraten sich! Sie hassen mich! Leugnen Sie noch, daß Sie mich hassen?«

Sie steht keuchend, mit einer ratlosen Gebärde. Er bekommt grübelnde Augen, verliert sie aus dem Gesicht, läßt, auf einem Stuhl zusammengebeugt, das Gesicht in die Hände fallen.

»Sprich du selbst, Gino! Sage, wie sehr wir uns liebten! Das wenigstens war da, sie können es nicht ungewesen machen. Unter allen Tagen, die genachtet haben, ist auch der, als wir über die Hügel nach San Paolo wanderten. Beim Brunnen der Abtei setzten wir uns und sahen zurück.«

Er belebt sich.

»Von unsern Worten hatten wir das Blut in den Wangen. Und wie nun von Zypressen zu Rosen und von der Pfirsichblüte zum Silber des Öllaubs das Land auf uns zu seinen Reigen ging, die Wege uns Mensch und Herden zuführten und der Städte Blinken uns grüßte: welche Liebe, o Gino! Wir waren es, wir, aus denen über dies alles hin die Sonne der Freiheit brach! Wir waren geweiht zu Erlösern! Einer in des andern Auge sahen wir den stummen, köstlichen Schauder. Solch Wissen um einen Freund muß noch in der Ewigkeit wach bleiben: und dir sollte es schon vor dem Grabe erloschen sein? Das ist Lüge; entlarve doch die Lüge, Gino! ... Ach, du schweigst, du bist im Schweigen ...«

Müde:

»Woher wollen Sie also wissen, Signora, daß Ihr Bruder mich verworfen habe?«

»Ich habe seine letzten Erklärungen empfangen, im Gefängnis, den Tag, bevor er starb.«

»Sie waren bei ihm? Und ich nicht!«

Heftig:

»Man ließ mich nicht! Wollen Sie mir nun glauben, daß der Verrat mir trügerisch angeheftet ward?«

»Und wenn er echt war: hätten Sie dem Geopferten am letzten Tag ins Auge sehen wollen?«

»Nicht einmal den offenen Mut des Verbrechens trauen Sie mir zu, das Sie mir andichten. Ja, feige! Ich war feige, weil ich nicht floh und jenseits der Grenze in die Welt hinausschrie, daß man mich mißbrauchte und dem Bösen verkaufte. Sie sinnen nur darauf, hätte ich schreien sollen, wie sie die Herrschaft der Gewalt und des Eigennutzes hinfristen, und ich soll ihr Werkzeug werden. Sie lügen mich zum Verräter an Freunden und Freiheit, damit ich mein Leben lang ausgestoßen aus dem Reich der Fühlenden und ihr Gefangener sei. Sie opfern mich, schrecklicher mich, als jene, die nun sterben müssen. Eine Mutter tut das! Die ganze stumpfsinnig erstarrte Machtgier von zwanzig Fürstengenerationen treibt sie an, und die Kirche macht ihr Angst davor, ihr Kind mehr zu lieben als den Thron! ... Ich hätte schreien sollen. Aber ich schwieg; ich blieb, gelähmt vom Schmerz, vom Druck der Umwelt und Vergangenheit, zu Hause und ließ das Unsägliche geschehen. Wieviel Kraft zum Guten fordern Sie denn auch von einem, dessen Väter Heldenkräfte für die Ausrottung aller Güte auf Erden verbraucht haben? ... Dann aber –«

Er zuckt auf. Frohlockend:

»– als ich handeln konnte; mein Vater starb: da verbannte ich meine Mutter. Ich habe sie doch verbannt! Jetzt müssen Sie mir doch glauben! ... Nicht? Noch immer nicht? Was bleibt mir dann zu sagen? Bin ich wirklich dazu verurteilt, in keines Menschen Seele vorzudringen? Auch Gino also hat mich zurückgestoßen von seiner?«

Sie schwankt, ob sie bereuen soll.

»Wenn Sie denn unschuldig waren, warum haben Sie

seitdem den Thron zu einem schwereren Alp gemacht, als Ihr Vater tat?«

»Weiß ich's? Meinen Sie, daß mir nicht schon Grauen kam vor dem Weg, den es mich treibt? Und Angst bei der Erinnerung an den, der ich war? Ich will nicht glauben, daß ein Jenseits auf uns wartet: es wäre schrecklich, müßte ich Gino wiedersehen!«

Sie senkt Kopf und Hände. Er geht fiebrig umher.

»Als ich anfing zu herrschen, war alles schon geschehen. Das ist's: ich vermochte nichts, was nicht schon beschlossen war. Ich kam gezeichnet zur Welt. Die Gefühle, die meine Väter in euch genährt hatten, ihr Menschen warfet sie auf mich. Es half nichts, daß ich mit Leidenschaft euer Freund gewesen wäre. Meine Geburt war eins mit dem Laster, das alle mir ansahen, das alle mir erwarteten, das alle von mir heischten. Meine erste Untat hatte ihnen zu lange gesäumt: sie hatten sie mir untergeschoben. Zur zweiten und dritten zwangen sie mich. Nicht rasch genug konnten sie mich blutbesprengt sehen! Ich war ein Kind: die Hoffnung machte sie frech, die verpestete, von der Macht verpestete Rasse in dem einen, letzten zu ersticken. Ich wehrte mich, wie man den Arm ausstreckt, um nicht zu fallen. Dann war hinter mir die Brücke eingestürzt, die zu euch geführt hatte; der Stolz des Einsamen härtete mich, und ich erfuhr das schwindelnde Lebensgefühl dessen, der tötet. Ich lernte höhnen. Ihr habt nicht vergessen, wie ich euren letzten Verschwörern, die sich nicht fangen ließen, über den unbewachten Schloßhof einen Automaten schickte, von meinen Zügen und in meiner Uniform. Sie schossen; ich hatte sie. Daß ich mich erhielt, war meine Rechtfertigung, und daß ihr an mir zerbracht. Muß nicht ein Leben sehr kostbar sein, dem so viele andere Leben dargebracht wurden? Ich bin wie das Fabeltier auf dem Berg in der Wüste. Unter mir kriecht menschliches Gewürm herauf, den Dolch in den Zähnen, zwischen den Spalten des Gesteins, und glaubt sich versteckt. Ich aber erspähe jeden. Ein Kopf reckt sich herüber: meine Tatze zermalmt ihn. Warum vermaß er sich bis zu mir? Aber es zieht sie an; sie müssen herauf; und Berg, Wüste und Himmel sind einzig gemacht, damit ich töten kann! Ich brauchte nur mich fallen zu lassen: und die Welt wäre erlöst. Aber ich tu es nicht.«

Stehenbleibend, wild und feierlich:

»Auch ich bin gottgewollt. Vielleicht ich vor allen! Kann sein, daß alle nur den Sinn haben, mich aufzubauen. Meine Gefühle sind höher und Gott näher, als die Gefühle derer, die heraufkriechen und mir auflauern. Um mich geht reinere Luft. Ich bin größer und schöner.«

Mit stillem Nachdruck:

»Und schwerer hab ich's. Geht, seid getrost; ihr wißt nicht um die Nächte eines, der gepanzert schläft. Eines, der die Gesamtheit, der das Leben selbst gegen sich hat; der sich durchsetzt wider die Natur. Eines, der alle abwägt, durchschaut, lenkt, und den keiner sieht, keiner kennt. Eines, der alle richtet, und den niemand richtet, als er selbst. Müdigkeit bricht wohl herein, und ich sehne mich nach Sünden: nach dem Nachlassen dieser Strenge, nach Menschlichkeit und Schwäche. Ein Dasein haben, wie einer von euch: eins, auf das nichts ankommt, das man nicht genau nimmt, das von ungefähr und fahrlässig dahinläuft und, plumps, in eine bequeme Grube fällt.«

Raminga nimmt die Hände vom Gesicht, geht rasch auf ihn zu und ergreift seine Rechte.

»Danken Sie ab! Sie wären gerettet und wir. Und wären wir's nicht: ich sehe nur noch Ihr Leiden, und finde unseres von ihm verdunkelt. Ich kam nicht her, um von Ihrem Schicksal zu erfahren. Jetzt wird alles, was ich für Lästerungen der Menschheit hielt, zum wehen Stammeln eines verirrten Kindes. Könnte ich Sie trösten!

Könnte ich Ihnen die Güte spenden, ohne die Sie verloren sind! Danken Sie ab!«

Sein Blick durchdringt sie grübelnd.

»Als ob ich davon nicht träumte! Es wäre so wenig. Man schlösse die Augen und wäre ein anderer. Gutmütig und dumpf schöbe man sich nun durchs Gedränge, hätte herzliche Hände in seiner, röche liebe Menschenwärme um sich her. Sich geliebt wissen nach soviel Haß! Seinesgleichen haben! Was man schlecht fand, gut sein lassen!«

»Sie wären erlöst! Danken Sie ab! Kommen Sie in unsere Reihen, sie sollen sich Ihnen öffnen. Ich werde Ihr Verkünder sein; werde bezeugen, daß Sie es verdienen, an Menschenherzen zu rühren.«

»Und wenn nicht. Es ist nicht nötig, zu leben. Leben doch so viele; und alles dies zur Behauptung eines einzigen? Manchmal, vom Pferd herab, spähe ich in Menschenaugen und denke: Warum sollte dein Wunsch, mich zu vernichten, dir nicht erfüllt werden? Einmal endet auch der Tapferste. Dies Land hatte viele Tyrannen; noch sieben sind übrig, wir sieben; und die Flut der Zeit schwillt gegen uns her. Wann fällt der nächste? Zwischen Gestern und Morgen, die uns nicht kennen, ist das Heute ein elendes Riff, und wir hängen daran. Ich fühle das Meer der Geschichte über mir zusammenschlagen, und der Himmel der Ewigkeit drückt auf mich.«

»Sie sind nicht allein! Hören Sie mich? Stützen Sie sich an eine Brust: wenn Sie die nicht zu schlecht finden, die Sie – schön nannten.«

Er macht eine nachgebende Bewegung – und reißt sich wieder zurück.

»Ich darf nicht; ich muß voraussehen ... Ich fürchte mich vor dem Erkalten der Brust, auf der ich geruht hätte.«

»Armer!«

»Sagen Sie mir eins: spricht man, daß ich schwach sei?

Flüstert man, ich sei grausam, weil ich bereue; ich mache mir den Mut zu der vorigen Strafe durch die nächste? Ganz im geheimen fühlt ihr vielleicht, daß ich lieber gut gewesen wäre – und dafür, ja dafür stellt ihr mir nach? ... Nein? Ich will es hoffen. Denn ihr könntet euch täuschen. Ich weiß sehr wohl: solange der Tyrann kein Gewissen hat, ist er im Recht, und sie lassen ihn darin. Sie mögen ihn hassen und übermannen; aber sie werden sich nicht besser dünken. Mein erster Vorfahr auf diesem Thron, jener Ercole, der die kleinste meiner Städte, Haus um Haus, blutig bezwang: wie haben sie ihn bewundert? Sie gingen, Färber und Schuster, als besiegte Titanen in dem Festzug, worin er Jupiter war. Die Statue, die er aus der Erde grub, ließ er sich antrauen. Er war der Gatte der Schönheit und ein Triumphator über Riesen, war furchtbar und heiter. Mein Vater noch war's, auf seine kleine und verschrobene Art. In seinem gestickten Rock, mit seinem Puderzopf und Kugelstock stolzierte er im Straßenpöbel, ließ einen hängen und machte Späße dazu, daß die anderen lachten. Verhungerten Jungen schenkte er eine Kupfermünze, wenn sie Kot verschlangen. Von den grotesken Foltern, die er euch in seiner letzten, irren Zeit erfand, werdet ihr länger reden als von den Wohltaten eines Messias. Ich muß sein wie er! Er war unantastbar, weil er selbst sich nicht antastete. Nur die unvermischte Bosheit nehmt ihr hin. Nichts hat ein Tyrann so sehr zu fürchten wie die Menschlichkeit, für die er vielleicht geboren wäre. Ihr würdet mir's nie verzeihen, fühltet ihr mich zweifeln. Habt ihr's etwa schon gefühlt? Es ist ein Irrtum. Sagen Sie es ihnen, Signora! Ich zweifelte nie an der Macht. Es ist nicht wahr, daß sie entwürdige, auch den entwürdige, der sie ausübt, denn in seinesgleichen erniedrige er sich selbst: es ist nicht wahr. Es ist nicht wahr, daß ich mich je gesehnt habe, in freie Augen zu blicken, daß ich die Helden des Altertums, die Bürger der alten Republiken je zurück und in mein Zimmer träumte. Kein Grund besteht, die Macht in meinen Händen zu verachten. Ich wäre der Mann, die Verachtung in Grausen umzuwenden.«

Raminga schluchzt. Er greift sich an die Stirn.

»Wen beweinen Sie, Signora? Glauben Sie denn, ich sei nicht frei, auch Größeres zu tun, als irgendein Tyrann vermag? Ich sei ein Gefangener der Macht? Nicht mir gehöre die Macht, sondern ich ihr, die mein Blut vergiftet hatte, bevor ich da war? Aber ich kann, ihr zum Trotz, Dinge wollen, von denen die Verwegensten unter euch nie geträumt haben. Ich kann beschließen, an eurer Spitze hinauszuziehen gegen die andern sechs: gegen meine Mittyrannen.«

Raminga führt, mit einem aufflammenden Lächeln, die gefalteten Hände an den Mund.

»Ihre eigenen Völker werden mir, geblendet von Seligkeit, entgegenstürzen, wie nun Sie es wollten, Signora! Ich reiße sie mit auf meinem Siegerzuge! Noch einmal führe ich das Schwert des Ercole, und wie es in seiner Hand, Haus um Haus, eine Kleinstadt erlegte, soll es in meiner, Königtum um Königtum, dies ganze, von Inbrunst heiße Land zusammenschmieden! Nun seid ihr mein: alle, singt mir Hymnen und baut mir den breiten Thron. Ich aber steige seine Stufen hinab. Wie ich einem schönen, großen, bunten und kostbaren Vogel den Käfig öffnen und ihm lächelnd nachblicken würde, als sei es nichts: so gebe ich euch frei. Ich gebe das Land frei, das ganze, von mir eroberte und geeinte Land, danke ab und entferne mich.«

Raminga stürzt vor ihn hin, drückt ihr Gesicht in seine Hände. Mit ersticktem Jubel:

»Alessandro! Ich liebe dich!«

Er spricht seherisch über sie hinweg nach dem großen Spiegel hin.

»Ich stehe auf dem Schiff und sehe die Küste, der ich

das Glück brachte, zurückbleiben. Die Liebesschreie, das Abschiedsweinen folgen mir und verhallen. Schon höre ich nur noch das Brausen der leeren Weite. Im Blau dahinten löst die Erde sich auf, deren größter Sohn ich war.«

»Du bist es! Oh, diese Stunde! Hörte ich sie denn nicht nahen? Der Erlöser stand vor der Tür, und ich ahnte ihn nicht? Gott! ich wollte ihn töten. Hörst du, Alessandro, ich kam mit dem Dolch: auch ich!«

Sie reißt ihn aus den Falten des Spitzentuches und wirft ihn fort. Der Herzog ist aufgezuckt, seine Miene erinnert sich und bricht, lautlos, in ein böses Frohlokken aus. Dann erkämpft er Fassung, ungesehen von ihr, die auf seine Hände weint und stammelt.

»Ich kannte Sie nicht; ich bin in der Fremde geboren, auf Irrfahrten aufgewachsen; mein Vater war verbannt von Ihrem. Mein Gatte, auch ein Flüchtling, haßte Sie; er starb an seiner Ohnmacht vor Ihnen. Ich kehrte unter falschem Namen zurück und sah meinen Bruder untergehen durch Sie. Meine Verachtung für Sie und der Haß, den mein Gatte gehegt hatte, waren mein Erbe. Die Sehnsucht nach der Freiheit war das große Vermächtnis, das mein alter Vater aus dem Elend mir mitgegeben hatte. Nie hatte ich Sie gesehen, nie Ihr Lächeln, bevor ich den Plan faßte, Sie zu töten. Kraft der Seele allein zog mich's zu Ihnen; ich habe Sie nicht belogen. Der Nachhall Ihrer Karosse verfolgte mich durch eine schlaflose Nacht, so wild war mein Gefühl für Sie!«

»Bedauernswerte Frau! So schön, so ganz zur Liebe geschaffen, und mußte dem Haß verfallen! Wer hat ihn Ihnen eingeträufelt? Ein Toter nur? Und die Blicke des Werbens und Verehrens, die ich, ein Lebender, Ihnen täglich ins Fenster sandte, haben Sie nie irregemacht, nie erweicht?«

»Konnten sie denn? Da Sie selbst täglich mit neuen Greueln die besseren Gefühle niederschlugen, die in mir vielleicht sich regen wollten? Aber ich glaube davon nichts mehr! Auch mein Bruder starb im falschen Glauben an Ihren Verrat! Habe ich Sie böse gesehen? Ich sah nur Ihr Lächeln, hörte nur Ihre Worte, habe Sie bemitleidenswert gefunden, rein und verirrt, schüchtern, zum Größten fähig und der Liebe bedürftig. Das nur ist wahr. Die andern haben gelogen!«

»Sehr der Liebe bedürftig: einsam wie ich bin, und so jung. Wer hat gelogen, arme liebe Frau?« – und er liebkost ihren Kopf.

»Der Castellari, der Gabella, beide Sassi: alle Verwandten, alle Freunde meines Hauses, die Gassen und die Stadt.«

»Aber der sinnreiche Einfall, mich auf galante Art zu beseitigen, mich zu töten, indes ich liebte: wem kam der?«

»Mir selbst! Verachten Sie mich! – aber glauben Sie: in meinem schlimmen Plan war schon die Absicht des Schicksals, das mich Sie kennen lehren wollte! Ganz im Grunde meines Herzens – oh! nun verstehe ich mich – war es schon bestimmt, daß ich nicht ging, um Tod, vielmehr um Liebe zu bringen; daß ich aus dieser Tür treten werde, um allem Volk nicht einen Toten, nein, einen Retter zu zeigen!«

Zu ihm hinauf:

»Denn nicht wahr, jetzt treten Sie hin und tun das Werk, gleich jetzt? Sie müssen mit mir das Schloß verlassen, ungesehen. Jene, die sich Ihre Diener nennen und Ihre Wächter sind, würden Sie nicht fortlassen. In unserer Mitte werden Sie sicher sein, uns heilig, das Pfand der Freiheit!«

»Sogleich? Wo finden wir die Ihren?«

»Einige warten drüben im Gesù, die andern in unserm Hause.«

»Sie warten!«

Auflachend:

»Ah, sie warten. Worauf wohl? Auf meinen Kopf? Sie dachten, ihnen meinen Kopf aus dem Fenster hinauszustrecken!«

Er stößt sie fort, so daß sie von den Knien auf die Hände fällt, und wirft sich lachend in einen Sessel. Mit den Fingern nach ihr zeigend, hell:

»Da liegt sie, leer wie eine Austernschale! Ich habe alles aus ihr herausgeschlürft: daß ihr Name falsch ist, was ich nicht wußte, und den Rest, der mir bekannt war. Denn natürlich kannte ich Sie und Ihre Leute. Ich wußte alles!«

Mit grabendem Hohn:

»Sie konnten töricht genug sein, Signora, sich einzubilden, ich hätte mich Ihnen anvertraut bis aufs letzte, wie ich's tat, wenn ich nicht wußte, daß Sie würden sterben müssen? Ah! Die Vorbedeutung des fallenden Schwertes. Einer von uns wird sterben müssen. Sie erschraken; aber Sie wußten nicht, wie sehr Sie Ursache zu erschrecken hatten!«

Sie hat sich vom Boden erhoben, ist mit den Händen vor der Brust und entsetzten Gesichtes schrittweise zurückgewichen. Ihr Fuß trifft den Dolch. Sie greift danach, sie stürzt vor. Er flieht hinter den Tisch, er schreit sinnlos:

»Wache! Wache!«

Die Mitteltür geht auf, Leibwächter zeigen sich darin. Der Herzog hat sich gefaßt.

»Nichts. Noch nicht.«

Und die Tür schließt sich wieder.

Er kommt hervor, tritt auf sie zu, die den Dolch im Rücken hält und verächtlich lacht.

Trotzig hervorgestoßen:

»Ich bin nicht feige! Es ist nicht wahr! Verdient nicht die größere Achtung einer, der, von Natur nicht tapfer, sich zwingt zu handeln, als sei er's! Ich habe nur eine Feigheit begangen, und für die sollten Sie mich nicht verachten: ich habe Sie, als Sie sich mir gaben, nicht genommen – weil ich wußte, Sie würden durch mich sterben. Sie haben mich mißverstanden, Signora: nicht das Aufhören Ihrer Liebe fürchtete ich, als ich das Erkalten Ihrer Brust fürchtete.«

»Wozu sprechen Sie noch mit mir? Da Sie nur lügen, nur verderben können – und mein Verderben Ihnen schon gelungen ist?«

»Ich rede wahr. Ich habe mich gefürchtet, Ihren – Tod zu entweihen.«

»Viel für Sie. So wären Sie nicht ganz das Scheusal, das durch den Reiz seiner Jugend noch giftigere Scheusal, nach dem ich soeben stoßen wollte? Oh! wie ist's möglich, daß ich schon wieder im Begriff bin, Ihnen zu glauben? Und die Komödie, mit der Sie mich gefangen haben? Diese erbärmlich meisterhafte Komödie, worin Sie sich verkannt stellten, Seelenqualen heuchelten und sich beinahe unter die Helden stahlen!«

»Trauen Sie mir nicht allzuviel Meisterschaft zu! Halten Sie mich nicht für kälter, als ich zu sein vermag! Wenn ich als Wasserverkäufer durchs Volk streiche und irgendeiner mich um fünf Heller betrügt – es kommt vor, daß ich mich zu wahrer Entrüstung versteige. Aber lassen Sie hinter mir zwei Verschwörer tuscheln: ich werde jedes Wort beherzigen. So ging mir's mit Ihnen, Signora!«

Sie tritt nahe an ihn hin. Sie läßt seine Augen nicht los.

»Sie sagen zuwenig. Sie gaben nicht nur eine Rolle, die Sie empfanden: Sie gaben Ihr Leben. Das war Ihr Leiden; das waren Ihre Träume; das war, was Sie hätten sein können ... Sie schlagen die Augen nieder. Ich halte nun die Wahrheit: oh, nehmen Sie sie mir nicht wieder! Nicht wahr, ich halte sie?«

»Vielleicht. Ich hatte einen Augenblick der Überreiztheit, der Müdigkeit. Es ist geschehen. Oft habe ich widerstanden. Der Kerker manch eines, den ich hatte verurteilen lassen, hat mich angezogen. Ich schmachtete danach, mich hinzuschleichen und dem, der sterben mußte, zu verraten, wer ich bin. Nun weiß er, daß er nach einem Falschen stieß; ein Mensch kennt mich nun. Aber kaum wird's Morgen, führen sie ihn mit Trommeln hinaus und machen ihn stumm ... Immer noch habe ich widerstanden: warum nicht auch heute?«

»Es war bestimmt! Ich sollte Sie gewinnen, Sie retten!«

»Sie haben mich verleitet. Ich hätte Sie gern verschont, Sie sind so schön. Jetzt muß ich Sie töten. Warum gingen Sie nicht, als ich Sie, weil das fallende Schwert uns gewarnt hatte, freigab? Ich konnte es noch. Jetzt kennen Sie mich, und keiner, der mich kennt, darf leben.«

»Warum nicht – wenn Sie selbst sich zu leben entschließen. Wenn Sie aufhören zu töten, sich selbst abzutöten und sich und uns dem Leben schenken.«

»Meine Ehre will, daß ich mich nicht hingebe. Es ist mir verboten, schwach zu sein.«

»Sie sind nicht schwach: Sie haben ein menschliches Herz! Erkennen Sie es an!«

»Es wäre sträflich. Wer bliebe mir, verließe ich selbst mich?«

»Wir alle! Das Volk! Die Menschheit!«

»Und man würde dem bekehrten Tyrannen glauben? Hat man ihm, der noch ein Kind und rein von Blut war, die Freundestreue geglaubt? ... Sie sehen, Signora, Sie müssen mich verloren geben. Ich bin ein Ausgestoßener, und mein Ruhm will, daß ich nicht um Einlaß bitte ... Ach! gehen Sie. Fliehen Sie! Verschonen Sie mich mit diesem großen, graden Blick! Setzen Sie mich nicht länger Ihrer Schönheit aus! Und wenn ich Ihnen, was Sie wollen, opfern würde? Meine Selbstachtung? Nicht lieber mein Leben? Sie haben mich so weit gebracht, daß mich's danach gelüstet. Das erst wäre die wahre Abdankung ... Und vielleicht wäre es süß gewesen, die

Kälte des Eisens zu spüren, das Ihre Hand in mein Herz senkte? Sie gleichen der Judith, von der ich in meinen kränksten Stunden träume.«

Mit einem gierigen Blick über ihre Schulter:

»Halten Sie nicht noch immer den Dolch im Rükken?«

Raminga läßt die Waffe hinter sich zu Boden fallen.

Sie nimmt seine Hände.

»Sie töten! Ich kann's nicht. Ich kann nicht fliehen ohne Sie. Mögen sich jene die Freiheit selbst erobern; ich bin eine Frau, ich kann keinen Unglücklichen von der Hoffnung abschneiden, kann nicht töten, wo soviel, soviel zu trösten wäre.«

»Was wollen Sie? Ist's nicht genug?«

»Ich will Sie weit fortführen und Sie an ein sanftes, gütiges Leben glauben lehren.«

»Ich weiß, daß es keins gibt. Ich erträumte mir Menschengüte auf anderen Sternen. Diesen kenne ich zu gut.«

»Sie sollen von ferne sehen, wie in der Luft der Freiheit die Menschen aufblühen, gesund und gut werden; – und das wird Sie heilen.«

»Zusehen?«

Er macht sich los.

»Machtlos zusehen? Daß ich ein Narr wäre! Ihr also werdet frei und glücklich sein: und was habe ich davon, der ich von der Macht lebe? Denn kann ich durch die Macht nichts erringen und nichts schaffen, so friste ich in ihr doch mein Dasein. Etwas anderes vermögt ihr alle nicht. Ich glaube an nichts anderes.«

Er dreht sich auf den Absätzen und knallt mit zwei Fingern.

»Überhaupt: eure Güte wird mich langweilen, herzlich langweilen. Dann soll ich euch nicht mehr hassen dürfen, euch nicht mehr quälen, abfassen, strafen dürfen. Ah! daraus wird nichts.«

Zurücktretend:

»Wer die Einzigkeit des Tyrannen kennt, sein Spiel mit Menschen, seine Verachtung der Menschen, seine Angst vor Menschen – glauben Sie nur nicht, daß der je freiwillig auf sie verzichten wird!«

Auf der Lehne eines Sessels zusammengekrümmt, mit dick gefalteter Stirn und Blicken von unten:

»Das alles ist zu durchsichtig. Ihr wollt mich auf gute Art loswerden. Mein Tod würde euch zuviel Lärm machen. Habe ich aber einmal die Stadt verlassen, bin ich noch sicherer verloren.«

Auflachend, knabenhaft:

»Ihr seid recht dumme Betrüger. Nun habe ich euch. Wieder einmal ein Fang. Die Schwester des Valente! Auch er wäre dabei! Es soll meine letzte Torheit gewesen sein, daß ich ihn für meinen Freund hielt. Er war klüger: er zweifelte an mir. Sie werden doch im Gesù die Geduld nicht verloren haben? Seht ihr, daß ich mich durchbringe? Wache!«

Stampfend:

»Wache! Wache!«

Zu den Eindringenden:

»Verhaftet diese Frau!«

Raminga reißt sich aus ihrer Erstarrung empor.

»Alessandro!«

Er schreit abgewendet und stampfend:

»Bringt sie zum Schweigen!«

Einer hält ihr den Mund zu.

»Sie wird vor unser geheimes Gericht gestellt. Wir werden das Weitere schriftlich verfügen. Wir wollen die Frau nicht mehr sehen.«

Und die Arme verschränkt, dreht er sich ruckweise, so daß er sie, die fortgezerrt wird und den Hals verzweifelt nach ihm reckt, bei jedem ihrer Schritte im Rücken behält.

Die Unschuldige

1

Im Toilettezimmer. Die alte Frau entkleidet die junge.

»Was hast du? Deine Hand blutet?«

»In deinem Schleier stak eine Nadel.«

»Gib doch acht! Ich habe genug Blut gesehen.«

»Armes Kind, arme kleine Gabi. Du darfst verlangen, daß dieser dich glücklich macht.«

»Ich hätte es mir verdient.«

»Weißt du noch, wie ich traurig war, als ich dich für – jenen schmückte, für deinen ersten Mann?

Du warst voll Vertrauen, ein unschuldiges Kind. Mir aber ist's jetzt, als hätte ich Ahnungen gehabt.«

»Schweig, schweig doch!«

»Ich will sagen: Dieser wird dich glücklich machen. Und hättest du ihn denn bekommen, wenn der andere nicht – auf solche Art geendet hätte?«

Sie zieht der Herrin den Rock herab, sie umarmt ihre Knie.

»Gabi, kleines Herz, als ich dir in unserem alten Kinderzimmer durch die Scheiben die Leute zeigte, da wußten wir beide noch nicht, wie böse sie gegen dich sein würden. Und doch hatte jener dich so gequält; es war dein Recht, daß er umkam.«

»Du sprichst, als ob ich's gewollt hätte.«

Sie stößt sie fort. Die alte Frau bekreuzigt sich.

»Gott behüte mich! Ich wäre ja so schlecht wie alle, die dich verfolgt und verleumdet haben ein Jahr, ein ganzes Jahr lang. Er aber, der Doktor: oh! ich habe ihn kennengelernt in der schlimmen Zeit, und wenn er jetzt kommt – wie er schon ungeduldig sein wird, daß ich ihn rufe! –, dann mußt du ihm danken, hörst du? süß und fromm danken, wie wir, als du klein warst, dem lieben Gott zusammen gedankt haben. Denn der Herr ist ein Engel, immer hat er an deine Unschuld geglaubt.«

»Muß man dazu ein Engel sein? Siehst du, wie du schwatzest? Bring mir lieber mein Hauskleid! Nein, ein dunkleres: das silbergraue.«

»Willst du ihn denn nicht dort drinnen erwarten?« – und die alte Frau zeigt auf den geschlossenen Vorhang.

»Ich glaube, daß wir vorher zu reden haben.«

Die Alte streichelt sie.

»Heut nacht, sollt ich meinen, redet sich's besser auf dem Kopfkissen. Du liebst ihn doch?«

»Ich möchte ihn sehr lieben.«

»Sooft er aus deiner Zelle zu mir herauskam – denn ich stand auf der Straße –: oh! so bewegt, so stark sah ich nie einen Menschen. Augen hatte er, daß noch ich alte Frau mich verliebt haben würde. ›Ihre Herrin ist unschuldig‹, sagte er. ›Ich weiß es; und ich werde machen, daß alle es erfahren.‹«

»Was tat er weiter?«

»Er nahm mich im Wagen mit, sah mir in die Augen und verlangte, daß ich mich erinnern solle.«

Die junge Frau wendet sich ihr rasch zu.

»Und du?«

Die Alte bewegt vorsichtig den Kopf.

»Es versteht sich, daß ich nicht alles sagte.«

»Ich habe es bemerkt.«

»Kann man denn das? Ich werde mich hüten zu sagen, daß du als kleines Mädchen der Katze einen Strick um den Hals bandest und sie aus dem Fenster hängtest.«

»Ja: man würde seine Schlüsse daraus ziehen. Auch er. Vielleicht sogar du.«

»Gott bewahre! Eine Katze ist kein Mensch. Ein Kind ist keine Frau. Deinen Mann umbringen! Du, die ich habe zur Welt kommen sehen.«

»Was beweist das. Du hast vielleicht eine Mörderin zur Welt kommen gesehen.«

Die Alte spreizt die Hand. Sie macht sich zu schaffen, sie spricht weiter, ohne die Herrin anzusehen.

»Er sagte: ›Monika, sobald die gnädige Frau einen Salon betrat, beugte alles sich vor ihr: dafür rächt man sich jetzt. Wenn ich sie in ihrem Gefängnis besuche, schäme ich mich, als hätte ich selbst sie hineingesetzt. Ich muß gutmachen, was an ihr verbrochen wurde, ich muß ihr das Vertrauen zu den Menschen wiedergeben.‹«

»Laß! Er sagte weiter: ›Ich habe zu arbeiten, zu kämpfen. Eines Tages wird sie blendend dastehen. Dann bin ich belohnt, dann bin ich groß. Sie braucht einen Retter.‹«

»Woher weißt du –?«

»Brauchte ich denn nicht einen Retter? Wo wäre ich jetzt ohne ihn? Mein Kopf läge in einer Grube.«

»Wir alle verdanken ihm unsere Freiheit. Sieh! vorhin, wie er an der Küche vorbeikam, hat sogar der Anton ihm die Hände geküßt.«

»Und du meinst, auch ich müsse sie ihm küssen ... Vielleicht tue ich's; vielleicht geschehen ganz andere Wunder: wüßte ich nur, ob er je gezweifelt hat an meiner – Unschuld. Verbot er dir nicht, dies und jenes dem Richter zu sagen? ... Nun?«

»Das wohl. Aber sei ihm nicht böse!«

»Böse? Wenn du ahntest!«

Sie geht umher.

»Er hat also gezweifelt, zweifelt vielleicht noch.«

»Wer zweifelt heute noch.«

»Niemand. Aber vielleicht er, der alle bekehrt hat!«

»Wie du dir heiß machst! Sie haben dir zu übel mitgespielt, dein Kopf hat noch lange damit zu tun«; – und die Alte zieht sie an sich.

»Denn, Monika, sieh« – und sie zeigt auf den Boden, »die Spur im Blut meines – des Toten konnte von einem

Frauenkleid sein. Er hat in seiner Rede bewiesen, daß es kein Kleid war, und die Geschworenen haben ihm geglaubt. Aber er selbst?«

»Hör mich an, Kind! Ich ging zu ihm, als ich's erfuhr, das mit dem Kleid. Er war noch nicht bei dir gewesen. Er war bleich, ging im Zimmer umher und sagte: ›die Elenden!‹ Er stützte den Kopf in die Hände und sagte: ›Ich will nicht. Es soll nicht wahr sein.‹«

»Hieß das, daß er für mich gewesen wäre –«

Langsam, und sie beugt sich vor:

»– auch wenn ich's getan hätte?«

»Nein. Wie sollte er«, und die Alte weicht zurück. Da die Herrin sich abkehrt: »Das heißt ... Aber du hast es ja nicht getan.«

»Natürlich nicht.«

»Wenn man wüßte, wer es getan hat! Genug, er hat dich freigebracht. Welche Rede! Die Leute haben geweint, und ich selbst mußte weinen. Und doch konnte ich wissen, daß du nicht so warst, wie er sagte. Denn es ist wahr, daß auch du den Verstorbenen gequält hast, du Kleine. Gleichviel: ihm ist recht geschehen – da er dich nicht glücklich machte.«

»Du findest?«

»Der Doktor Halland war nachher erschöpfter als du selbst. Man sah, er hatte sich darangegeben, Blut und Seele. Merk dir's wohl, Kind: das ist einer, der dich liebt.«

Indes sie ihr den Arm streichelt:

»Ich erkenne die, die dich lieben. Die andern straft Gott, wir haben es gesehen.«

»Ah! du bist noch dieselbe« – und die junge Frau küßt sie. »Du verstecktest mir das Spielzeug, das ich meinen Geschwistern gestohlen hatte. Geh, ich habe dich lieb, alte Monika.«

»Du warst ein hartes Kind, es brauchte viel, bis du liebtest. Hast du nicht den ersten genommen, weil alle deine Verwandten dagegen waren?«

»Ich nahm ihn, weil er ein einsamer berühmter Mann war.«

»Und diesen?«

»Weil er mich liebt, wie ich bin. Weil er nicht fragt. Weil er alles von mir weiß – und nichts.«

Sie setzt sich und richtet den Blick auf die Tür.

»Ich warte auf ihn, wie auf einen ganz Fremden und wie auf mich selbst. Wir haben so vieles hinter uns, was keiner versteht. Es war grell und wirr, es hat müde gemacht.«

Sie lehnt den Kopf zurück und schließt die Augen.

Leise:

»Ein Kuß im Dunkeln.«

Sie schrickt zusammen; es klopft.

2

Die alte Frau öffnet; sie flüstert:

»Die gnädige Frau erwartet den Herrn Doktor.«

Im Hinausschlüpfen greift sie nach seiner Hand und küßt sie.

Er nähert sich leise seiner Frau.

»Gabriele!«

Sie hebt, immer die Augen geschlossen, ein wenig den Kopf. Er beugt sich über sie, ihre Lippen treffen sich, sie sinkt zurück.

»Sieh mich an, Gabriele!«

»Schließ lieber auch du die Augen! Wir sind in Sicherheit, solange wir nicht sehen. Du bist jung, und du liebst mich. Du hast Mut und Leben auch für mich, die ich schon den Mut verloren hatte und fast auch das Leben.«

»Ich weiß, wie kühn das ist: dich alles verschmerzen machen zu wollen, was du erlitten hast. Aber ich will es.«

»Du mußt mich mehr lieben, als alle anderen Menschen einander lieben. Wir haben die Liebe, um das Leben zu vergessen. Ich weiß mehr und habe mehr zu vergessen.«

»Ich liebe dich unbedingt und für immer.«

Sie öffnet die Augen, sie hebt sich an seinen Schultern hinauf.

»Du sagst es? Wenn es wahr ist, hast du mich zum zweitenmal befreit.«

»Du hast mir Genie gegeben. Genie ist die höchste Männlichkeit.«

»Ich bin dir nicht unheimlich?«

Da er abwehrt:

»Denn ich bin es mir selbst. Das Urteil mag gesprochen sein: ich bleibe die Witwe des Ermordeten – dessen Mörder niemand kennt.«

Über sich gebeugt, dumpf:

»Wo habe ich das Trauerjahr verbracht?«

»Ich bitte dich« – er streckt die Arme nach ihr aus. Sie sieht ihn an und schüttelt den Kopf.

»Das macht kein Triumph ungeschehen. Meinst du, ich sehe nicht das Erschrecken der Blicke? Sie wollen immer wieder zu mir eindringen, wie durch ein vergittertes Fenster, aus dem eine beklemmende Luft strömt. Heute abend flüsterten unsere Gäste miteinander, als wunderten sie sich, daß sie zu einer Hochzeit geladen seien und nicht zu einer Hinrichtung.«

»Gabriele! Meine Frau!«

Aber sie springt auf.

»Wundere ich mich nicht selbst? Ah! du bist kühn, weil du es unternimmst, mich zu heilen von der Tortur der Untersuchung, der öffentlichen Schande der Verhandlung. Wer aber müßtest du sein, um jene anderen Bilder, jene geheimen, von diesen Augen wegzuwischen.«

Und sie verbirgt sie an seiner Brust. Flüsternd:

»Noch jede Nacht sehe ich ihn.«

»Deinen – den Toten?«

»Nein ... Auch ihn. Er liegt« – sie bewegt die Hand nach der zweiten Tür, im Schatten, »dort hinten.«

»Dies ist nicht das Haus. Quäle dich nicht. Du bist bei mir.«

»Er liegt dort hinten, im Zimmer jenseits des Ganges, beim Fenster. Der – andere beugt sich über ihn.«

»Auf der Schwelle. Er lag auf der Schwelle.«

»Erst später. Als er getroffen wurde, fiel er beim Fenster nieder.«

»Woher weißt du –? Es ist anders festgestellt. Du hast doch geschlafen.«

»Ich schlief nicht. Ich hörte ihn rufen. Ich stand auf –«

Vorgebeugt nach der Tür:

»– ich schlich in den Gang, ich kroch in den Wandschrank. Er schrie und fiel, ich hörte es. Dann kam der andere vorbei.«

»Du hast ihn gesehen? ... Ich verliere den Kopf. Du hast geschlafen, du weißt nichts.«

»Er lief nicht, und er schlich nicht. Er hatte einen festen Schritt, wie ein junger Mann.«

»Du träumst, wach auf!«

Er rüttelt sie; sie reißt sich los.

»Ich glaube sogar –«

»Was man in Träumen glaubt.«

»Er ging in mein Zimmer, hierher. Sollte ich sterben? Oder wollte er –«

»Wie du mich ansiehst!«

»Indes drinnen mein Mann noch röchelte.«

Er weicht zurück.

»Sieh mich nicht länger so an. Was glaubst du?«

Pause.

»Als er fort war, ging ich – dort hinüber und betrachtete die Leiche. Sie lag jetzt auf der Schwelle, wo ihr sie gefunden habt. Ich verkroch mich ins Bett.«

»Und du hast nichts gesagt!«

»Es würde mich noch verdächtiger gemacht haben.«

»Mir? Du hast kein Vertrauen gehabt.«

»Du siehst, daß ich es habe, nun wir allein sind. Du liebst mich, du wirst mich schützen« – die Hände flehentlich erhoben. »Das alles ist nicht vorüber. Du mußt wachen, wenn ich schlafe.«

Er greift sich an die Stirn.

»Wovon sprechen wir, mein Gott. Dein Mann lag am Fenster? Es war kein Blut da.«

»Es ist erst später geflossen, auf der Schwelle. Er ist nicht auf die Knie gefallen, ihr habt alles falsch erdacht. Er ist hingekrochen.«

»Du weißt entsetzlich viel.«

Er ringt vor ihr die Hände. Sie geht rückwärts bis in den Winkel. Im Bogen um ihn, tastet sie an der Wand hin, zur Tür. Unterdrückt:

»Komm! Ich will dir's zeigen.«

Er stürzt vor. Mit einem Ruck hält er an.

»Was ist mit uns? Wir sind in einem neuen Hause, in unserem Hause. Die Dinge, von denen du sprichst, sind nicht hier geschehen, sie haben hier keine Spuren hinterlassen und keine Geister.«

Auf sie zu, eindringlich:

»Hast du vergessen, wozu du gekommen bist? Mir zu gehören! Nicht dem Vergangenen: mir!«

»Vergangen?« – sie entzieht sich ihm. »Du wirst ihn sehen.«

»Wen?« – und er flüstert wie sie.

»Den Mörder. Du hast ihn noch nicht gesehen?«

Sie hält seinen Blick fest. Er starrt in ihre Augen. Endlich nickt sie stark. Er keucht.

»Nein!«

»Ja« – und sie wendet sich ab. Er taumelt, greift nach einem Stuhl. Er preßt sich die Brust, er ringt nach Stimme. »Du? Du bist es gewesen? Gabriele! Mitleid! ... Vorhin, einen Augenblick, glaubte ich, du beschuldigst mich. Was willst du sagen? Eins ist Wahnsinn wie das andere. Liebte ich dich nicht, ich würde lachen.«

Nachdem er umsonst gewartet hat:

»Du treibst Spott, du willst mich verwirren, ich lache.«

Er setzt sich – und springt wieder auf.

»Ich glaube dir nicht. Du bist krank. Du lügst, ich weiß nicht warum. Ich will nichts wissen.«

Schreiend:

»Du bist unschuldig!«

Sie sieht ihn an.

»Leiser. Wir sind verloren, wenn man uns hört.«

Er erschrickt. Er lehnt drüben, halb abgewendet, die Stirn in die Hand, indes sie vor der Tür im Schatten hin und her geht und spricht.

»Wem schulde ich Rechenschaft. Man sei froh, wenn ich keine fordere. Ein Leben wie meins darf nicht geschaffen werden, es ist – ja, es ist die Widerlegung jedes andern ... Als Mädchen von vierzehn Jahren schon erfuhr ich, was noch Greise nicht sehen müssen: unsere Zwecklosigkeit und unsere Unverbesserlichkeit. Jede Lüge, jeder Schmutz des Gefühls hinterließ mir ein Mal für immer, einen blutunterlaufenen Eindruck. Ich hatte die Gabe, nackte Seelen zu sehen, und manchen Tag saßen mir am Tisch Fratzen gegenüber, vor denen es nur Davonlaufen gab. Schon damals war ich eine Fremde, und die andern sahen es, wie heute unsere Gäste. Keine Tat war nötig.«

Er schluchzt auf.

»Gabriele! Mein Leben, um deine Tat zurückzukaufen!«

»Das Schlimmste aber war der Spiegel. Ich war hassenswerter als alle; denn zu ihren Lastern hatte ich auch noch das, daß ich sie durchschaute ... Ich hätte mich getötet ohne meine Träume: die Träume von gütigeren, geistigeren Menschen, die ich lieben konnte. Es mußte sie geben, in der Ferne oder in der Zukunft. Desto sehnsüchtiger liebte ich die unbekannte Menschheit, je trostloser die Menschen sich mir verrieten. Ich gewann Mitleid mit ihnen: so mächtig machten mich meine Träume. Ich war erwachsen und schön geworden. Damals fand ich ihn.«

Sie lehnt sich, einen Augenblick, weich gegen die Tür, die Hand am Griff, als wollte sie eintreten.

»Er war ein großer Arzt, er rettete Hunderte, und doch kannte er ihre Krankheiten, ihre Häßlichkeiten. Er konnte, was ich gewollt hätte: er rettete sie.«

Sie kehrt sich von der Tür ab.

»Mußte er nicht fühlen wie ich? Er war einsam durch sein Wissen, er war gezeichnet vom Ruhm. Mußten wir beiden Fremden uns nicht vertrauen?«

Sie stürzt in die Mitte des Zimmers. Sie schüttelt die gespreizte Hand.

»Statt dessen: bewundere die sinnlose Grausamkeit der Dinge. Er wollte nicht verstehen, sich nicht und mich nicht. Ich weiß heute, daß er Furcht hatte; er trumpfte auf das unbewußte und schlechte Leben, er wälzte sich darin wie ein entflohener Sträfling. Für mich, die ich ihn an die Wahrheit erinnerte, faßte er Haß. Er verleugnete mich. Aus der Gefährtin, die zu ihm kam, machte er ein Geschlechtstier. Hörst du?«

Er senkt den Kopf.

»Ich erkenne den Weg, den wir gegangen sind.«

Aber er schüttelt sich.

»Nein! Nicht diesen!«

Sie tut einen Schritt auf ihn zu.

»Doch! Als du mich kennenlerntest, war ich unterwühlt von Begierden. Ekel und Unersättlichkeit warfen mich umher. Den, der mich geliebt hätte, ich hätte ihn in einer Umarmung still machen wollen, um mein Herz und diese Welt still zu machen. Wenn ihr mich in Gesellschaft im Glanz meiner Verzweiflung saht, konnte keiner von der Verbrecherin wissen, die hinter dem Sprechzimmer ihres Mannes, bewacht von seiner Eifersucht, wie ein gefährliches Tier, die Qual ihrer Bosheit erlitt. Keiner: nur du!«

Er streckte ihr die Hände hin.

»Ich liebte dich, um dich zu retten.«

»Du wußtest, daß ich ihn haßte und wie ich dich begehrte. Ich konnte ihn nicht betrügen, ich konnte dich nicht haben. Wir sind Mitschuldige, denn wir liebten uns.«

Er wirft sich zurück.

»Nicht so. Ich bin kein Verbrecher.«

»Wenn du mich retten, mein menschlich Teil retten wolltest, dann hattest du meine Gedanken.«

Er hebt die Arme, er wirft sich umher.

»Ich habe nichts gemein mit deiner Tat!«

»Du hast seinen Tod nicht gewünscht?«

»Was beweist das!«

Sie spricht leise und herrisch.

»Warum hast du bis nach meiner Freisprechung verschwiegen, daß wir uns liebten?«

»Das war –«

Sie nickt.

»Das war nötig, um Justiz und Öffentlichkeit zu betrügen. Du hast sie noch anders betrogen. Du hast Umstände unterschlagen oder gefälscht. Das Kleid, das durch sein Blut geschleift ist, war beim Färber, und du hast glauben gemacht, ich hätte schon vor seinem Tode der Monika den Auftrag erteilt, es hinzutragen. Du hast dich mit ihr verabredet. Wie mühselig du deinen eigenen Verdacht unterdrückt hast! ... Ah! da erschrickst du. Die Dinge kehren dir zurück, die du in der hohen Rolle eines Retters gern vergessen hättest. Geh! keinen Selbstbetrug! Wir haben vieles hinter uns, was uns immer zusammenhalten wird. Verleugne nicht auch du mich, wie jener tat.«

Er stöhnt. Sie tritt nahe an ihn hin, sie spricht ihm ins Gesicht, weicher und süßer.

»Wovor hast du Furcht. Niemand weiß, daß wir uns bis zum Verbrechen geliebt haben. Vielleicht weiß der Tote es; das würde unsere Lust würzen. Ich wünschte, daß es ein Fortleben gibt, damit er um uns weiß.«

»Du bist fürchterlich. Du vernichtest mich.«

»Ich mache dich leben.«

Sie halten sich bei den Armen gepackt, als wollten sie ringen. Fast berühren sich ihre Gesichter. Er sagt, die Zähne geschlossen:

»Die glühende Blässe deiner Haut spiegelt entsetzliche Dinge.«

»Nur deine Begierde.«

»Deine tiefen Augen locken und verschlingen.«

»Nur dein Laster.«

»Dein Mund –«

»Küsse ihn doch! Für deinen Kuß habe ich es getan!«

Ihre Lippen stoßen hart zusammen und wühlen sich ineinander.

Er reißt sich los.

»So küssen Mörder! Ich bin wahnsinnig!«

»Schmecke ich nach Blut?«

Da er sie nach dem Vorhang drängt:

»Wir haben uns wohl nichts mehr zu sagen? Jetzt heißt es also genießen.«

Sie schlägt vor ihm zu. Den Kopf im Vorhang:

»Denke an mich, bis ich dich rufe. Du hast doch den Mut, an mich zu denken?«

Und sie verschwindet.

3

Er steht reglos, das Gesicht nach dem Vorhang. Allmählich weicht er zur Seite; die Hände vor die Augen geschlagen, taumelt er, neben dem Vorhang, gegen die Wand.

Ihre Stimme:

»Du bist so still. Aber ich weiß, was du tust: du weinst.«

Er zuckt auf.

»Du hältst mich für schwach? Ich bin es nicht: ich trage deine Tat. Ich bin imstande, dich zu wollen mitsamt deiner Tat.«

Er schlägt sich auf die Brust.

»Da sieh! ich liebe dich noch jetzt. Um so mehr liebe ich dich, um so mehr!«

Da erstarrt er: hinter dem Vorhang lacht sie gellend.

»Held, der du bist!«

Sie tritt hervor.

»Liebtest du mich nicht für meine Unschuld? Aber auch die Schuld hat ihren Reiz.«

Bei seiner Berührung:

»Ach, fort! Du ekelst mich, mit deiner heroischen Sinnlichkeit.«

»Ich? Du wagst? Du, die mich zugrunde gerichtet hat?«

Sie sieht ihn an.

»Nicht ich dich... Dein Opfer ist unnütz, mein Held; denn alles war nur Scherz.«

»Das ist nicht wahr!«

»Kein freundlicher Scherz; aber du mußt ihn mir nachsehen: man hat mich, seit einem Jahr, an das Leben im Grausen gewöhnt... Nun? Ich bin noch deine unschuldige Frau, du bist noch mein Retter. Alles ist, wie du es dir gewünscht hast.«

»Du machst dich lustig?«

»So den Kopf zu verlieren! Und du hast in der Verhandlung jeden Widerspruch vernichtet. Du weißt, daß nicht mein Kleid durch sein Blut geschleift ist, sondern der Vorhang, den er im Todeskampf ergriffen hat. Würdest du vor Gericht die Aussage hingenommen haben, daß er am Fenster unter den Messerstichen zusammengebrochen sei, aber erst auf der Schwelle geblutet habe?«

Er breitet die Hände aus, er schüttelt den Kopf.

»Wer beweist jetzt noch deine Unschuld.«

»Du selbst hast die Spuren von der Hand eines Unbekannten an den Möbeln nachgewiesen. Du hast bewiesen, daß ich in meinem Zimmer von draußen eingeschlossen war, wie jede Nacht. Hat ein Mitschuldiger mich eingeschlossen? Aber das würdest du wissen, denn du wärst es selbst.«

»Ich habe dich vorhin gesehen. Ich habe dich – geküßt. Du wirst mir nicht einreden, daß du gespielt hast.«

»Ich habe gespielt. Ich habe dein Heldentum erprobt.«

»Dann sage ich: ein unwürdiges Spiel!« – und er stößt einen Stuhl auf den Boden. »Ich durfte besseren Dank erwarten.«

»Vielleicht fühlte ich das – zu sehr.«

»Du hast mich in deinem Leben als Meister gesehen: das verzeiht ihr nicht. Ah! es ist die Rache des Weibes. Wir dürfen nicht so klar, nicht so hoch sein; man benützt den elenden Kniff des Geschlechts, uns herabzuziehen und zu trüben.«

Er geht umher, die Hand am Halse und gefolgt von ihren Augen. Mit gewaltsamer Ruhe:

»Was geschehen ist, tut mir leid für dich. Du, die ich über alle stellte – und auch du bist wieder nur das Weibchen, das die Widerstandskraft des Mannes auf die Probe stellt; bist die Schauspielerin. Wie verrucht du gespielt hast!«

»Ich habe wohl gespielt ... Aber bin ich so sicher, daß die Dinge, die du wirklich nennst, kein Spiel waren? Der

Mord, und was dann mit mir geschehen ist? Wozu das alles? Warum sollte es ernst sein? Ich war immer so sehr allein und anders, daß ich meine Schicksale und Handlungen, meine Gefühle selbst, alles im Grunde für ein folgenloses Spiel hielt. Ich weiß nicht, wie ihr lebt. Ich, ich sehe keinen Plan im Leben, noch im Tod. Ich fürchte beide, und spiele sie beide.«

Er hält an.

»Es ist wahr, du hast zuviel gelitten. Meine Eigenliebe muß schweigen. Ich muß Mitleid haben mit dir. Du verdienst Nachsicht.«

»Nicht wahr? Du findest die Überlegenheit des Retters wieder. Ich bin dein weißes kleines Mädchen. Perseus und Andromeda. O reines Glück! Aber ich muß dir sagen, daß ich eure Unschuld nicht mehr begreife. Ich habe ein Jahr lang im Gefängnis gelebt, eingeschlossen mit den Bildern des Mordes.«

»Ich weiß es; und ich trage vor dir die Schuld aller.«

»Ich war die Mörderin. Ein Jahr lang hat jeder menschliche Blick mir's gesagt, jedes Wort des Richters, deine eigenen Kunstgriffe zu meiner Rettung. Tag und Nacht habe ich die Dinge gesehen, die geschehen waren; und wie ihr es wolltet, ging meine eigene Gestalt darin umher, mein eigener Arm hob sich. Da –«

Sie beugt sich vor, sie zeigt auf den Boden. Sie rafft das Kleid zusammen und weicht zurück. Umherblikkend:

»Ich – sage nicht, daß ich's nicht getan habe.«

Er eilt hin, er nimmt ihre Hand zwischen seine.

»Gabriele! Besinne dich! Wie du krank bist! Wie ich dich lieben muß!«

»Sage das nicht«, und ihr Blick streift ihn scheu, sie zieht sich frostig zusammen. »Es ist nicht sicher, wann ich dir die Wahrheit gesagt habe.«

»Nicht sicher?«

Er lacht.

»Wenn du's nicht weißt, laß es dir von mir sagen: Du bist unschuldig.«

»Du liebst mich. Auch meine alte Monika liebt mich, und sie ist überzeugt, daß ich es getan habe.«

Sein Lachen bricht ab. Er läßt sie los.

»Sollen wir denn wieder das Ufer verlieren? Laß mich denken. Du hast es nicht getan ... Hast du es getan?«

»Ich weiß es nicht.«

Er umfaßt seine Schläfen.

»Du weißt es nicht. Du entrinnst mir wie Sand. Du warst meine feste Erde, mein Selbstvertrauen.«

»Ich hatte dir Genie gegeben, die höchste Männlichkeit.«

»Ach! das Wesen, in das wir unsere Seelen senken. Die Frau! Die Frau! Wir rechnen mit ihr, wir bauen auf sie, fürs Leben, über das Leben hinaus; – und wir kennen sie nicht!«

Er läßt die Arme sinken. Müde.

»Du hast erreicht in dieser Stunde, daß ich mich selbst nicht mehr kenne. Du hast mich mehr erleben lassen, als ich auf Erden für möglich hielt. In einer Stunde hast du mich alt gemacht.«

»So weißt du nun, wie denen zumute ist, die mit der Seele leben. Ich, siehst du, habe an Menschen alles erfahren, was sie zu geben haben, und vom Erkennen und Fühlen bin ich so abgenützt« – sie betastet sich –, »als sei die ganze Haut mir wund gerieben ... Und ihr fragtet nach meiner Unschuld.«

»Ich weiß, daß du keine Frau bist wie andere.«

»Ich bin eine Frau wie andere.«

Sie schlägt sich auf die Brust.

»Seid doch Menschen!«

Sie mißt ihn lange.

»Du wolltest mich lieben, weil meine Unschuld dein Werk war.«

»Ich gebe zu, daß ich selbstsüchtig war. Aber wer die

Selbstsucht einer Liebe nicht erträgt, ist ihre Aufopferung nicht wert.«

»Möglich. Möglich«; – und sie zieht sich bis drüben in den Winkel zurück.

»Und ihr meint mit der Unschuld, für die ihr mich liebt, eine Tat, die nicht getan ward: jener dort –«

Sie wendet sich halb nach der Tür im Schatten.

»– eine Untreue, du einen Mord. Ich war aber unschuldig, weil ich dich liebte: und du hättest ein Mörder sein können oder ein Heiland ... Ach! bleibe dort, laß mich allein. Du hast mich schon allein gelassen.«

Sie hüllt sich in die Falten des Vorhanges, ihre Hand tastet rückwärts nach der Wand. Mit verlorenem Blick:

»Ich hätte dich so sehr geliebt. Meine Liebe wäre einfach gewesen, von der Einfachheit der Vielerfahrenen, die das Leben hinter sich lassen, um im Dunkeln zu lieben, ohne Fragen, mit geschlossenen Augen, weder mit ihrer Tugend noch mit ihrem Laster, jenseits der Qual der Seelen, die werben, kämpfen, einander enthüllen: ganz offen und schlicht mitten im Geheimnis, wie Tiere oder wie Engel.«

»Gabriele!«

Er stürzt vor sie hin. Sie fährt mit der Hand in sein Haar. Heißer:

»Und ohne Grenzen! Wie die Umarmungen dieser Männer, dieser Frauen matt und unvollkommen sind! Wie weit bleibt zurück hinter mir, was sie Leben nennen! Man muß so viel von den Menschen erlitten haben wie ich, um ihrer einen so lieben zu können wie ich.«

»Gabriele! Warum habe ich dich verloren.«

»Du: du weißt nicht, was ich von dir erträumt habe, wen ich in dir sah. Du beherrschtest den Prozeß, und du schienst ihn zu verachten. Du sahst aus, als sagtest du mir: Geduld! Bald lassen wir dieses kriechende Durcheinander hinter uns, unter uns. Was ist uns Schuld und Unschuld. Über der Welt, allein und stumm, befreit von irdischen Zufällen und ganz einander sicher, werden wir uns lieben. Sagtest du das nicht?« – und sie nimmt seinen Kopf zwischen ihre Hände, um ihm in die Augen zu blicken. – Sie läßt ihn los und wendet sich halb weg.

»Ich glaubte wohl nicht sehr fest, daß du mir folgen würdest; ich war schon einmal enttäuscht. Aber ich erlaubte mir Hoffnung, berauschende Hoffnung. Noch einmal öffnete ich mein Fenster, das vergittert war, den Sternen.«

Er verläßt sie und setzt sich abgewendet. Sie sagt, die Augen geschlossen:

»Ein Unbekannter, und ganz ich selbst. Das Wesen, das alles von mir weiß und nichts.«

Er faßt sich an die Stirn.

»Bin ich denn schuldig? Ich habe dich geliebt, wie ein Mann eine Frau liebt. Was bleibt mir nun?«

Sie geht rasch zu ihm. Über seine Schulter:

»Dir bleibt alles, was du zu nehmen geschaffen bist. Auch ich bin für nichts anderes geschaffen. Das Gefängnis hat mir ungesunde Träumereien gemacht. Ich habe dich gequält und ermüdet. Verzeih mir.«

Er greift nach ihr.

»Nicht wahr, wir können uns lieben?«

»Gewiß: wie Menschen einander lieben. Man gewährt sich Vertrauen, bis zu einem gewissen Grade; man versteht sich, vermittelst Nachsicht; man ist eins, unter Vorbehalt.«

»Liebst du mich?«

Sie kniet vor ihn hin. Er umklammert sie fester.

»Liebst du mich?«

Sie beugt die Stirn unter seine Lippen.

Die Tote

1

Als am Ende des Sees der Zug hielt, stieg Leo Cromer, ohne die Gedanken an die gehabte Beratung abzubrechen, aus, ging in dem Mondlicht um den Schuppen herum, der eine Bahnhofshalle bedeutete, und betrat den dunklen Baumgang. Einmal erhob er den Kopf; hinter den Stämmen das Wasser lag weiß wie Gewebe des Lichts, die Ufer schienen unwirklich, die Stille ein Geschrei von Geistern ...

Dies war der dichtere Schatten seines eigenen Grundes, er stand und atmete die verborgene Wärme, das tiefe Alleinsein. Dahinten, in Wolken versilberten Laubes, wartete die flimmernde Treppe seines Hauses, die Vasen rannen über von Licht, die Stufen hernieder ging es wie eine Schleppe. Sie ward bewegt! Aus ihren Falten neigte sich ein Fuß! ...

»Was heißt das?« dachte Cromer. »Jetzt habe ich also Gesichte? Ich scheine nicht eben glücklich zu sein – wenn gerade sie sich mir zeigt?« Er fragte noch: »Wäre ich es denn zufrieden, daß sie, wie früher, wenn ich aus der Stadt heimkam, bei dem Busch dort auf mich zuträte? Bin ich schon alt und müde genug, um billig zu sein und mich zu bescheiden? ...« »Sie hat wohl gebüßt«, sagte er; aber er hob die Schultern. »Buße? Ein Wesen wie sie stirbt aus Zorn, seiner Selbstachtung zuliebe, oder einfach um des guten Abgangs willen. Nicht für mich ist sie gestorben! Ich habe ihr nicht zu danken gehabt. Ich habe nichts bereut.«

Auf der Terrasse angelangt, wendete er sich nochmals um; er sah aufwärts und hinab, zu dem Garten, der dunkel duftete, und in die breiten Sternenströme des

Augusthimmels. »Wer schlafen geht, versäumt viel – aber auch, wer denken und handeln geht ... Unsereiner weiß dies von vormals; ganz erfaßlich sind solche Nächte nicht mehr für uns ... Was für Gedanken übrigens bei jemand, der geradeswegs aus einer Versammlung von Machtmenschen kommt! Ich kenne mich längst, die Fragen sind erledigt, ich habe nichts versäumt, was mir gegeben war. Erfolge: ich habe sie gekannt. Ich habe mit Menschen übergenug zu tun gehabt, ich habe Frauen und Männer erobert und niedergekämpft, habe vielen die Spur meines Daseins aufgedrückt, die mich hassen oder lieben mußten. Ich habe selbst gehaßt, selbst geliebt.«

Er zog sich gegen die Fassade zurück, in den Schatten eines Pilasters. »Wie dies alles schal wird, sobald man es sich rühmen möchte! Wie es zerrinnt! Menschen: habe ich denn mehr bei ihnen erfahren als ein kraftloses und schmerzliches Aneinanderhingleiten? Das Leben ist vergangen wie eine Diskussion im Klub; man hat einander amüsiert oder weh getan, zum Schluß aber steht jeder auf mit seiner Meinung. In Wahrheit habe ich keinen Mann überzeugt, keine Frau ganz gewonnen, habe niemand je zu mir herübergebracht.«

Angstvoll folgte sein Blick der Bahn der Sterne, die herabstürzten aus dem wimmelnden Schein und die, bevor das Auge sie erfaßte, schon im Dunkel waren. »Die Menschen halten einander nicht. Ich habe Lida nicht gehalten. Woher der bittere Geist, der Seelen nehmen will und doch nicht an sie glaubt! Ich habe lieber verworfen als standgehalten, und bessere Augen für den Verrat gehabt als für die Hingabe. Lida wenigstens ist mir die Antwort nicht schuldig geblieben, die Toten haben das letzte Wort. Da stehe ich nun ...«

Und er dachte an die längst Vergangene, so nahe, als triebe der Geisterstrom des Mondlichts, in das er hinausstarrte, ihn bis zu dem Ufer, wo ihr Schatten wartete. Sie war das glänzende Glück seiner ersten reifen Jahre gewesen. Er hatte Erfolge gehabt, die bekannt wurden; diese Liebe, die er entgegennahm, trug zum erstenmal Zeichen von Tribut und Lohn. Aber auch er huldigte ihrer weltlichen Geltung, dem Reichtum an Bewunderung, dem die schöne Schauspielerin gebot. Sie liebten einander, wie Geist und Sinne den Vollbesitz des Lebens lieben. Ihre Beziehungen waren unsentimental und darum gefährdet bei jedem Versagen. Monatelang getrennt durch ihre Gastspiele und seine politischen oder Geschäftsreisen, erwarteten sie einander immer nur auf der Höhe und den Ereignissen überlegen.

Probleme? Jeder von ihnen hatte sie bei anderen abtun können; zwischen ihnen beiden lagen keine, sie hätten sonst, anstatt ihre Heirat zu erwägen, einen raschen Strich gezogen. Warum nur, bei solchem Einverständnis, die unvermittelte Befangenheit seit ihrem letzten Gastspiel, das Erzwungene jenes Briefes, und als sie zurückkam, das unklare Wesen? Er glaubte an Mißerfolg, Krankheit, Geldverluste, nur nicht an das, was dann in der Abschiedsszene wund und verworren endlich aus ihr hervorkam, weil er es hervorzerrte. Sie hatte ihn betrogen. Wozu betrogen? Sie war frei, war stolz, nichts nötigte sie, zu berechnen und zu lügen. Sie war vor ihm zusammengebrochen und weinte – und er empfand, was er mit ihr, mit ihr nie hätte empfinden dürfen, Mitleid, ein verachtungsvolles Mitleid. Er drehte ihr den Rükken. Gleich nachdem er ihre Wohnung verlassen hatte, geschah das Unglück.

Ein gewöhnlicher Unglücksfall. Die Frau, die nun nicht mehr da war, hatte sich selbst verloren, bevor er sie verlor. Ihr Ende war äußerlich, schattenhaft; ihn, der als Freund einer beliebten Künstlerin an ihrem Sarge repräsentierte, ging es noch weniger an als die anderen. Was ihm übrigblieb, war Bitterkeit, Zorn und eine Vermehrung seiner Zweifel am Leben selbst. Man konnte noch gewinnen, man konnte nicht mehr glauben, zu besitzen ...

Dennoch hatte er wieder geliebt. Zwischenfälle, die auch schon dahin waren. »Ebensogut könnte ich der oder jener gedenken, warum ihrer? Ist es, weil sie sterben mußte und weil solche süße und weiße Nacht werben möchte für den Tod? Es ist wahr, sie kam als letzte, bevor ich alterte. Aber noch jetzt bin ich weit von fünfzig.«

Er trat in das Haus; es schien ihm erfüllt von einem Duft, wie wenn das Mondlicht geduftet hätte. Durch das offene Fenster seines Zimmers fiel es auf die Wand, scharf abgegrenzt und weiß wie ein Spiegel. Er ging im Dunkeln zu Bett, suchte aber nicht einzuschlafen. Es schien ihm eigentümlich nutzlos, Verzicht zu leisten auf dieses ungewollte Lebendigwerden toter Stunden, toter Augen. Sie waren da, viel eher konnten Stunden und Gesichter des bevorstehenden Tages ausbleiben als sie. Sie war da! Ihre Augen waren da, ihr Lächeln kühn und lockend wie je! Aus der Tür ihres Zimmers hervorgetreten, stand sie in einer fremden Helligkeit ihm wirklich gegenüber und sah ihn an! Er fuhr auf: »Lida!« – und ihm setzte das Herz aus.

Da begriff er, daß es nichts war als ihr Bild, die große Photographie, die er nach ihrem Tod aus seiner Nähe entfernt hatte. Das Mondlicht war dorthin gerückt, scharf begrenzte es das Bild. Wie aber kam das Bild auf die Tapetentür, genau auf die Tür? Cromer sah nach. Das Bild war unbeweglich; unten versperrte es den Türgriff, man konnte nicht öffnen. Er drehte die Beleuchtung auf. Durch zwei kleine Löcher in der Tapete lief eine Schnur hin und zurück und in die Ringe am Rahmen. Er wollte einen der Knoten lösen: da war es keine Schnur, es waren viele Fäden, seltsam weich und zäh. Er riß; das Bild stürzte, und in der Hand hielt Cromer eine lange goldblonde Haarsträhne.

Darauf sah er in das Gesicht der Toten. Er fragte: »Wozu dies, da es unmöglich ist. Wozu Rätsel aufgeben, die keine sein können ...« Dennoch zögerte sein Gedanke, nicht anders als sie, die Tote, dastand und zögerte. Sie hielt eine Hand, eine ihrer vielsagenden Hände am Saum eines Vorhanges, den sie nicht öffnete. Den Kopf verheißend zur Schulter geneigt, die Augen so wissend in ihrer Umschattung, und dieses Lächeln der gelösten Lippen – aber sie öffnete nicht den Vorhang.

Er zuckte die Achseln. Die Haarsträhne ließ er nochmals sachlich durch die Finger gleiten, dann warf er sie zu dem Bild. Mochten es Frauenhaare sein, so waren es doch nicht ihre. Er hatte sich keine von ihr zurückbehalten, er war weit davon entfernt gewesen. Sein Diener, ein eifriger Mensch, hatte in der kurzen Zeit seines Hierseins schon mehrere Zeichen von Selbständigkeit gegeben. »Er hat es richtig gefunden, mich mit dieser Neuerung zu überraschen. Die Art der Befestigung ist auffallend. Immerhin ist er jung und offenbar romantisch. Ich werde ihn auffordern müssen, es weniger zu sein.«

Er wollte läuten, zog aber die Hand zurück. »Bin ich denn neugierig? Welchen Zweck hätte es, in der Nacht ein Gespräch vor diesem Bild zu führen?« Er zuckte die Achseln, stärker als das erstemal, und ging ernstlich schlafen.

2

Gleich beim Eintritt sah der Diener das Bild, das am Boden lehnte. Er stutzte, sein eifriges, blondes Gesicht erschrak, und er schien dem Bilde seine Mißbilligung auszudrücken, weil es seinen ordentlichen Platz verlassen hatte.

»Er müßte schon ein guter Komödiant sein«, dachte

Cromer, »sonst ist er eine wohlgeratene Dienerseele.« Er sagte: »Philipp, Sie bringen mir den Tee, ohne die Schürze, die Sie anhaben.«

Der junge Mensch betrachtete seine Schürze, blinzelte mit seinen geröteten Lidern und erwiderte: »Beim Herrn Grafen von Alten kam ich in der Schürze.«

Nein, er verstellte sich nicht, die natürliche Erklärung des Vorfalles schien mißlungen. Aber Cromer fühlte nicht das Bedürfnis, eine fernerliegende zu suchen. Auf der Fahrt zur Stadt verlor er die Sache aus dem Gesicht.

Warum war er dennoch gegen Abend wieder draußen? Er versäumte sogar eine Verabredung zum Essen. Leichter Kopfschmerz? Ruhebedürfnis? Gewiß; darum schien es aber nicht nötig, den Garten zu durcheilen, als wartete jemand. Es war noch hell, Wege und Terrasse lagen nackt und klar unter blauem Himmel.

Im Zimmer an der Tapetentür – nein, nichts, ganz selbstverständlich nichts. Aber wenn begreiflicherweise niemand und nichts auf ihn gewartet hatte, blieb doch zu bemerken, daß er selbst nicht frei von Spannung gewesen war – und vielleicht nicht frei von Hoffnung?

»Wäre es mehr als Kinderei, wenn ich etwas zu erleben wünschte, was eine Fortsetzung des gestern Erlebten wäre? ... Ach! das Beunruhigende ist keineswegs, daß ein Bild ohne erkennbaren Grund den Platz gewechselt hat, sondern meine gleichzeitigen Gedanken. Indes sie kam, fühlte ich sie kommen«, sagte er halblaut und mit Kopfschütteln. »Anderen soll ein Sterbender von fern sich ankündigen, wenn sie ihn nur genug liebten. Ich habe eine bevorstehende Rückkehr geahnt.«

Denn es lag in ihm, trotz seinem besseren Wissen, als hätte er ihre Spur berührt und von ihrem sich wieder belebenden Schatten ein Zeichen erhalten. Das bessere Wissen sagte: »Vorgefühl und Gesichter heißen mit ihren ehrlichen Namen Sehnsucht und Reue. Man lebt nicht ungestraft ein illusionsloses und ungläubiges Leben – nicht ungestraft, wenn man weder einen leichten Kopf noch ein stumpfes Herz hat. Der Augenblick ist wohl gekommen, wo ein Wesen mir nicht unwillkommen wäre, das ich verachtet und verworfen hatte.«

Er stand vom Stuhl auf, er wiederholte sich sein Geständnis am anderen Ende des Zimmers, als müßte es dort anders klingen. Aber er vernahm nur immer den Zweifel, ob es denn nötig war, daß sie starb.

Da hielt er schon das lederne Kästchen in den Händen, mit ihren Briefen. Er las – und er fand es sonderbar, wieder ganz diesen Tonfall zu hören, als sei er erst gestern ausgeklungen. Angesichts ihrer großen, raschen Schrift traten einem unverhofft die wechselnden Mienen ihres im Ausdruck geübten Gesichtes wieder vor Augen. Alle ihre früheren Mitteilungen waren offen, ohne Rückhalt, und glichen so wenig diesen letzten, andeutungsvollen, fieberhaften. Von dem ganzen Gastspiel nur der eine Brief – und aus ihm bebte die Hast des Zusammenraffens von Ruhm, Geld, Lebensgefühl. Feststimmung jeden Abend, nach dem zweiten ihr Kontrakt verlängert, ihr Auto vor dem Bühneneingang immer umlagert. Den Erfolgen entsprachen die Huldigungen, und des Nachts hieß es Rollen lernen. Jagd des Vergnügens, Jagd der Arbeit, nie schnell genug, nie ergiebig genug – aber mitten darin etwas wie ein Atemstocken, verhaltenes Erschrecken: es ist nicht mehr weit ...

»Wie lange soll dies alles noch dauern?« fragte sie. »Manchmal habe ich es satt zum Sterben – und sehne mich nach etwas, das kein Erfolg wäre, kein Triumphieren, oh, durchaus kein Triumphieren! Es muß Dinge geben, die stärker sind als unser Wille: hier, gestern, bin ich zum erstenmal darauf gestoßen worden; kann sein, daß ich noch mehr erfahre, etwas wie eine Niederlage;

denn Erlebnisse, die wir weder beherrschen noch verstehen, sind doch Niederlagen?«

Welch tiefinnere Überreiztheit, diese verderbte Neugier nach der Selbstaufgabe! Cromer ward gequält davon, wie damals, beim ersten Lesen. Er sah lange durch die offene Gartentür hinaus in die grau dämmernde Luft.

Als er zu dem Brief zurückkehrte, ließ sich im Zimmer nur schwer noch lesen. Er entzifferte: »Der Herr, der mich auf diese Gedanken gebracht hat, scheint an sich selbst nicht sehr empfehlenswert. Er sieht aus wie ...«

Hier ward das Blatt geknickt von einem Luftzug, der so plötzlich einsetzte, als sei auch die Tür im Hintergrund geöffnet worden. Sie stand offen; Cromer, der niemand eintreten sah, tat eine raschere Bewegung, sein Stuhl fiel um. »So finde ich doch Menschen hier?« sagte eine Stimme – und von der Farbe des Schattens und schlecht aus ihm herausgelöst, zeigte sich eine Gestalt, die auf hohen Beinen einen kaum erkennbaren Körper fortbewegte. Zwei lange Schleichschritte, ein zuckendes Anhalten, und wieder ein Anlauf, mit Verbeugungen über jeden Schritt des linken oder rechten Beins: so kam es herbei.

Cromer, im unwillkürlichen Drang, es aufzuhalten, drehte die Tischlampe an; der grelle Schein fiel genau auf die Gestalt, da stand sie. Cromer sah einen großen und scharfen Kopf, der spöttisch grüßte und, mit seinen Brillen funkelnd, sagte: »Ich komme wegen des Hauses. Es ist zu verkaufen.«

Und auf Cromer trockenes Nein: »Wie, nicht zu verkaufen? Man hätte mich falsch berichtet ...? Oder, die Wahrheit zu sagen –«

Der Besucher spreizte die Hand, mit einer bedeutsamen Rundung zwischen Daumen und Zeigefinger. »Vielleicht hat niemand mich berichtet. Nur meine Einbildung verhieß mir, dies Haus, abseits und verschollen ...« Er wiederholte: »Verschollen ... Genug, ich ziehe mich zurück. Es war dunkel überall, kein Mensch trat mir entgegen, Verzeihung für mein Eindringen, ich bin ...«

Er murmelte, sich abwendend, etwas wie einen Namen, wobei er den gefalteten Sommermantel wieder hinaufschob auf die Schulter, die höher schien als die andere. Dabei zögerte er und spähte die Wand hinan. Auch Cromer wendete sich hin – und er fuhr zurück, das Bild sah ihn an, ihr Bild, mit ihrem kühnen und lockenden Lächeln, an dem Vorhang, aus dem sie kam oder in dem sie verschwinden sollte.

»Ihnen ist unwohl?« fragte der Besucher. Cromer faßte sich.

»Nein.« Seiner noch nicht sicher, setzte er hinzu: »Sie scheinen das Bild wiederzuerkennen?«

»Nicht im geringsten«. Der Besucher spreizte schon wieder bedeutsam die Hand. »Höchstens, daß es mich erinnert hat, an eine berühmte Schauspielerin, die ich kannte.«

»Die Sie kannten?«

»Will sagen, ich weiß nicht einmal, ob sie berühmt war. Ich bin kein Weltmann.« Dabei lächelte er bescheiden und geistreich. »Aber es gibt Stunden, und eben Frauen, wie jene, die mir einmal begegnete, haben wohl solche Stunden, da spricht man zu einem erstbesten, was man nicht einmal zu sich selbst sprechen würde – geschweige zu seinem Nächsten.«

Hier schien sein Blick hinter den Gläsern den Tisch zu streifen, mit den Briefen darauf, ihren Briefen.

»Wollen Sie sich nicht setzen?« sagte Cromer.

»Danke. Ich verweile nicht ungern ein wenig. Der Zug fährt erst in einer halben Stunde hier vorüber. Ich bin ermüdet vom Reisen. Eine Reise, das Leben«, sagte er und legte, einer Anerkennung gewärtig, die rasierten

Lippen in Falten. Cromer wechselte ungeduldig den Platz. »War es denn so bemerkenswert, was die Dame Ihnen erzählte?« fragte er nachlässig.

Der Besucher machte es sich bequem, er stützte den schwachen Körper gegen seine umeinander gewundenen Beine, ließ eine Hand, die schmale Hand eines Verkrüppelten, über das Knie hängen und lugte hervor unter seiner niedrigen, aber umwölkten Stirn, in die Löckchen fielen.

»Bemerkenswert?« sagte er klangvoll und mit runder Aussprache. »Keineswegs für den Freigeist, der ich bin. Aber wenn Sie es hören wollen, wohlan denn! Ich glaube nicht, daß die berühmte Schauspielerin mir zürnen würde. Sehr wahrscheinlich, daß sie alles nur in der Phantasie erlebt und es längst wieder vergessen hat ... Sie war damals der Gast eines kleineren Theaters, dessen Spielplan sie unbedingt beherrschte. Sie hatte sich Rollen mitgebracht, darunter eine, die nirgends erprobt und niemandem bekannt war. So wenigstens sagte sie mir – und setzte hinzu, daß trotzdem in einer Gesellschaft ein Unbekannter ihr den Inhalt eben dieser Rolle deutlich vorhergesagt habe, ihn ohne weiteres erraten habe aus ihrem Gehaben, aus unmerklichen Zeichen, einem Lachen, einem Nichts ... Eine Taschenspielerei, wie? Die Künstlerin – man begreift, eine Künstlerin – kann es nicht so leicht nehmen, wie sie möchte. Der Unbekannte verfolgte sie nun.«

Der Unbekannte auf dem Stuhl dort lächelte durchdringend. Oben auf seinen Wangen war ein wenig Röte erschienen. »Sie spielt die Rolle, die er erraten hatte, und glaubt ihn im Theater. Sie spielt matt, wie betäubt. Mit einem Schlag wacht sie auf, legt los, erreicht alles, was sie will! Nachher erfährt sie ...« Der Unbekannte stieß die Worte einzeln aus, er punktierte sie mit seinen langen Fingern auf dem Knie, und sein spitzes Gesicht ward unerbittlich anzusehen. »Bei dieser Szene hatte er das Haus betreten ... Hier faßt sie die Angst, zum erstenmal echte Angst; sie schilt sich aus, weil sie versucht ist, abzureisen, nur um nie dem Menschen wieder zu begegnen – der übrigens persönlich nicht weniger unheimlich gewirkt haben soll als durch seine Taten.«

Das Lächeln des Unbekannten ward feucht und krampfhaft, ein Lächeln, gemacht aus Bosheit, Eifer und Scham.

Cromer sagte nach einer Pause: »Natürlich ist sie nicht abgereist.«

»Weit entfernt! Menschen von Rasse sind nicht feige vor dem Unerklärlichen – vor dem scheinbar Unerklärlichen! Sie weicht ihm aus, jenem Wesen, leider hilft es nichts.

Ein Abend erscheint, an dem sie in ihrer Garderobe sitzt, im ersten Stock des Theaters, dies ist wichtig, und bis ihr Stichwort kommt, noch einmal ihre Rolle durchliest. Das Buch liegt im vollen Licht der Lampe, die über dem Toilettetisch hängt, aber auf einmal ist ein Schatten darauf. Die Künstlerin erkennt eine Nase, eine gewisse, lange, gebuckelte Nase, ihr nur zu wohl geläufig.«

Und der Unbekannte hielt, wie zur Erläuterung, sein eigenes Profil hin. »Aufspringen, schreien – das tut sie nur innerlich. In Wirklichkeit wendet sie ruhig den Kopf und sagt: ›Wie kommen denn Sie dahin?‹ Seltsam, er ist nicht da, niemand ist da. Sie kehrt zu dem Buch zurück, das weiß und leer ist. Kaum aber will sie lesen, schiebt sich wieder der Schatten darauf. Da ist sie freilich vom Stuhl gefahren, hat alles durchsucht in dem Raum, das Fenster aufgerissen, aber es lag zu hoch und in einer glatten Mauer. Die Künstlerin weiß nicht mehr ein noch aus, ihr schwindelt, sie wäre einfach davon gelaufen; zum Glück klopft der Inspizient an und holt sie. Er geht vor ihr her über die Treppe, es ist halbdunkel, und merkwürdigerweise weiß sie, daß soeben jemand hinuntergehuscht ist, an ihr vorbei, wenn sie auch nichts gesehen hat. Und sie ist nicht im geringsten überrascht, daß auf der Bühne statt ihres Partners ein anderer steht: man denkt schon, wer. Sie spielt wahnsinnig aufgepeitscht, wie vor einer Katastrophe, wie um das Leben. Man sagte, daß sie gut sei. Hinter der Szene trifft sie den Direktor, der klatscht. Sie fragt ihn: ›Warum haben Sie mir denn im letzten Auftritt einen anderen Partner hingestellt?‹ Und er ganz verblüfft: ›Einen anderen?‹, worauf sie macht, daß sie fortkommt.«

Der Unbekannte stand auf. »Da wäre wohl mancher gelaufen. Ich selbst, nachdem ich Ihnen alle diese Märchen aufgetischt habe, weiß nichts anderes mehr, als das Weite zu suchen. Leben Sie wohl!«

»Einen Augenblick!« Cromer trat drohend auf ihn zu. »So schließt die Geschichte nicht.«

Da sah er, daß durch die Brillengläser des Unbekannten eine Flamme stach.

»Möglich, daß sie nicht so schließt. Die schöne und berühmte Künstlerin fiel gewiß, je schöner und berühmter sie war, um so unrettbarer in die Macht jenes Unbekannten. Das sind Affären, zu denen kein Blick mehr reicht.«

Und er ging. Cromer kam ihm zuvor, stieß die Tür auf und überraschte dahinter seinen Diener.

»Geleiten Sie den Herrn hinaus«, sagte Cromer; aber der junge Mensch blinzelte fragend, rührte sich nicht und sah nicht einmal hin, als der Besucher vorüberkam. Cromer selbst öffnete ihm das Haus, und auch draußen blieb er dicht hinter ihm.

»Liebliche Nacht«, sagte der Unbekannte. »Man durcheilt sie, war da und kehrt nie wieder. Aber ich habe nun doch auf Ihrem Stuhl gesessen; und von jetzt an, sooft Sie in Ihrem Zimmer jenes Bild wiederfinden – Ah! Niemand hat das Recht, zu glauben, daß die Menschen nur aneinander vorbeistreifen und nichts sei geschehen.«

Damit stieg er spinnenartig aus der Gartenpforte. Vor Cromer hielt er sie zu. »Ich höre meinen Zug schon. Wenn Ihr Haus zum Verkauf steht, sehen Sie mich wieder.«

Und er verschwand im Schatten. Cromer ging schnell zurück, um nach dem Polizeipräsidium zu telefonieren, man möge das Individuum im Bahnhof erwarten. In der Nähe des Hauses zögerte er, er überlegte, daß nichts Greifbares vorliege; im Grunde aber wußte er wohl, daß er gar nicht gewillt sei, einzugreifen in die Vorgänge um ihn her, nicht fähig, das Geheimnis, das heranwuchs, vor der Zeit zu zerreißen. Die Terrasse ward soeben beleuchtet; der Diener hatte den Tisch gedeckt und stand eifrig wartend.

Cromer ging hinaus. »Philipp, warum haben Sie den Herrn unangemeldet eintreten lassen? ... Nun?«

»Welchen Herrn meinen der Herr?«

»Den, der soeben mit mir fortging.«

»Ich habe niemand mit dem Herrn fortgehen gesehen.«

»Sie haben niemand gesehen?«

»Nein.«

Cromer sah ihm in die Augen. Der Diener blinzelte fragend wie je. Da sein Herr mit der Hand andeutete, die Sache sei erledigt, ging er voll Beflissenheit an das Servieren.

Cromer suchte alsbald wieder sein Zimmer auf. Er nahm den Brief vom Tisch, ihren letzten, und traf mit dem ersten Blick die Stelle, bei der er unterbrochen worden war. »Er sieht aus wie eine Spinne, und so unheimlich und unentrinnbar gebärdet er sich auch ... Natürlich klingt dies, von mir gesprochen, lächerlich. Nicht wahr, Lieber, was ist unentrinnbar für unsereinen. Meine Nerven, die neugierig sind, machen sich Erlebnisse vor, mit denen mein bißchen Wirklichkeit nichts zu schaffen hat. Ich spiele; und mir geschieht nur, was ich will ... Um zu dem bewußten Herrn zurückzukehren, so soll er verschuldet und etwas wie ein Hochstapler, nicht nur ein geistiger, sein. Es würde stimmen zu meinen Eindrücken. Ich will nachsehen, ob mir noch keine Wertsachen fehlen. Sobald ich Zeit habe, Näheres. Aber das ist es, Zeit haben. Ich habe keine, und mir ist, als sollte ich nie mehr welche haben.«

Die überhasteten Sätze keuchten das Papier hinauf, die Buchstaben brachen zusammen. Hier endete ihr letztes Wort. Schweigend war sie dann an das Ziel getaumelt, bis in eine böse, wirre Nacht, auf die für sie kein Morgen mehr gefolgt war. Cromer sah sich in der Friedhofskapelle, die Händedrücke, die er erwiderte, und gleich neben ihm, auf einem schwarzen Kasten, in Metall geritzt, ihren Namen.

»Habe ich Schuld daran? Es war wohl ein unabwendbares Schicksal, auch für mich ... Unabwendbar? So ist allein das Schicksal derer, die nicht lieben. Ich hätte anders zu ihr sprechen müssen damals. Jene Nacht war gemacht, damit ich sie in Wahrheit gewinnen sollte! Mein Gott, was habe ich versäumt! Lida, du hast gelitten, unverständlich dir selbst; und ich, der verstehen mußte, habe nur hingeblickt, um zu argwöhnen und zu entlarven. Ich war natürlich nicht ohne Feinheit, das war ich nie – aber so trägen Gefühls, mißtrauisch gegen mein eigenes Herz und ohne die Güte, die keine Einsicht braucht. Verzeih meiner Ungläubigkeit. Wenn du kannst, so komm – auf die Gefahr, daß ich auch jetzt nicht an dich glaube!«

Hinter ihm raschelte es, er fuhr herum. Ihre Briefe auf dem Tisch bewegten sich. In der offenen Tür war die Luft schwach und kaum zu spüren, aber eins der Blätter ward umgewendet, wie von einer Hand. Ihr letzter Brief: das Innere des zweiten, halbleeren Bogens geöffnet, und Worte darauf. »Ich will zu Dir! Ich will zu Dir!«

Leo Cromer faßte sich an das Herz, er stand, sein tiefster Gedanke wagte keine Regung. Plötzlich ein Griff nach der Lampe, er stürzte hinaus, er durchsuchte mit den Augen den Schein, den er in den Garten warf.

Heftig atmend kehrte er zurück, er hielt den Brief unter das Licht. Diese beiden Zeilen waren früher nicht dagewesen ... Waren sie dagewesen? Ihre Schrift schien echt, klarer höchstens und wie besänftigt. So wären sie nicht dagewesen – und dennoch von ihr? Noch nicht gedacht, empörte ihn sein Zweifel. Weit unerhörter war sein Zweifel als das, was hier vorging! Er durchmaß mit starken Schritten das Zimmer.

Da hielt er an, die Mienen gelöst zu einem Lächeln des Selbstvergessens. Er löschte die Lampe, setzte sich lautlos in den dunkelsten Winkel und sah, wie rufend vorgeneigt, in jenes mondbleiche Gesicht, das lockte zu Geheimnissen, auf die Hand am Vorhang, diese zweideutige Anmut einer Scheidenden, die zaudert, ob sie umkehre.

3

Nichts geschah mehr, nichts kam hinzu, aber Leo Cromer, der die Tage verbrachte wie immer, trug an irgendeinem schweren Gefühl, wie von einer Krankheit, die ausbrechen sollte, oder als wäre er in Dinge verwickelt gewesen, die den Gesetzen widersprächen. Etwas Außerordentliches ängstigte und lockte. Zehnmal täglich und auch des Nachts zwischen dem Schlaf erinnerte er sich ihres Briefes, des gefälschten Briefes – und war glücklich, ihn da zu wissen. Er wartete nur darauf, daß ihr Bild noch einmal in sein Zimmer zurückkehre. Es war verschwunden, in derselben Nacht, als er davorsaß: kaum, daß ihm die Augen zufielen. Er wartete darauf, wie auf das Zeichen, daß sie ihn ganz in Besitz nehme und ihm verbiete, noch fortzugehen, noch Schmerzen oder Genugtuungen zu suchen, die nicht von ihr kämen ... Und eines Morgens beim Erwachen sah sie ihn an. Sie schien erwacht mit ihm.

Da verließ er nicht mehr das Haus und den Garten. Die ersten Wochen ihres Zusammenlebens waren einst hier vergangen; – und die alten Stunden teilten ihm jetzt nachträglich mehr mit, als sie damals konnten. Unter den Augen der Toten hatten sie sich angefüllt mit Reiz, Süßigkeit und Kraft. Ja, in ihr Gesicht auch, in die vielsagende Hand am Vorhang schien eine neue Unruhe zu kommen: als wollte sie reden, als drängte sie zu ihm. In solchen Minuten wendete er sich ab, um das Geschehen des Rätselhaften nicht zu stören; – und kam er zurück, lag unter ihren Briefen ein neuer, einige Zeilen auf einem Blatt, das früher halb unbeschrieben war, oder ein Zettel, der herausfiel aus einem unscheinbaren Versteck.

Das erste, was er fand, fügte sich ein in ihre alten Äußerungen; noch vor kurzem würde Cromer geglaubt haben, es sei ihm so lange einfach entgangen. Er glaubte es nicht mehr; jedesmal deutlicher sagte sie ihm Dinge, die sie früher verschwiegen hatte. Ihre wahre Natur, immer verkannt von ihm, eröffnete sie ihm nun, den Überdruß am Weltlichen, am Ruhm, an den kaltherzigen Erregungen, und ihre Sehnsucht nach Zärtlichkeit, die sich bekennt, nach Hingabe ohne Zurücknahme. Er las Sätze ihres Tonfalls und Wesens, unverkennbar, und doch vom Klang des Unwirklichen, längst Entrückten. Sie erwähnte die letzten Wirren ihres Lebens, aber von fern und nachträglich. Jener Mensch, der damals die Hand nach ihr ausgestreckt hatte, sie wußte jetzt, wozu sie ihm gefolgt war. »Es sollte zu Dir führen, Lieber. Er war nichts als ein Gleichnis der Macht, die mich und Dich überschattete und die wir nicht anerkennen wollten. Ich bin überzeugt worden, Du weißt es, wie grausam; und Du? ...«

An dieser Stelle las er nicht weiter, trat vor sie hin und antwortete ihr. Das Winken ihrer Augen vor dem geschlossenen Vorhang ward dringlicher, sie sagte: »Gib dich hin! Glaube! Sei gewärtig, daß ich komme und endlich dein sei!« »Komm!« rief er.

Mit der Ermüdung ergriff ihn wohl die Besinnung. »Was tue ich! Ich weiß, daß ich betrogen werde – und ich selbst helfe dazu! Ach, mein Bedürfnis zu lieben ist schon größer als das, die Wahrheit zu sagen. Diese Briefe sind untergeschoben von einem Schwindler, es steht zu vermuten, von welchem.« Hier spricht er von sich, er droht. »Wenn er Dir begegnen würde, Du könntest noch tausendmal besser als ich verstehen, daß er Dich betrügt, und würdest doch nicht wollen, daß es aufhört. Er ist um Dich her, täuscht Dir Erscheinungen vor, fälscht Deine Eindrücke und Gedanken, wacht über Dir, lenkt Dich und weiß allein, wohin. Aber überraschtest Du ihn selbst in dem Augenblick, wo er Dir eine neue Falle legt, Du hättest doch nicht den Mut, ihn zu entlarven ...«

»Welche Herausforderung!« sagte Cromer laut. »Wie er seiner Sache gewiß sein muß! Er weiß wohl, ich werde seine gefälschten Briefe weder einem Sachverständigen noch dem Untersuchungsrichter bringen. Ich werde das Zimmer meines Dieners, der für ihn arbeitet, nicht durchsuchen lassen, werde mich gar nicht wehren, ihm nie in den Weg treten. Denn was wäre mir seine Entlarvung? Eine Befreiung? Leider nichts weniger als das. Oder ein Beweis? Daß er betrügt, beweist nichts gegen das Mysterium, auf das er sich beruft. Ich war ein zu sauberer Geist, ohne Falsch, und darum ohne Verzücktheit. Das Mysterium ergibt sich wohl den Scharlatanen, die es ausnützen, aber empfinden. Mir bleibt nur übrig, dem Scharlatan zu folgen, wie sie selbst ihm gefolgt ist –

wenn ich denn reif bin für das, was er verspricht. Die Liebe einer Toten: wäre es denn das Äußerste? Das Wunder der Ankunft aus der Ewigkeit, des Sichfindens, Einswerdens und nicht mehr Zweifelns – wie? Sollte alles dies Unmögliche den Toten möglicher sein als den Lebenden? Sie komme, ich bin bereit.«

Und wieder unter ihrem Bild: »Ich liebe dich, Lida, so sehr, daß du wahrhaftig wiederkehren solltest. Ich würde es dir glauben – und auch nicht glauben. Sieh! ich küsse dein Haar, und weiß doch, es ist gar nicht deins. Wenn es noch von deinem Nacken hinge und dein Atem noch warm wäre, würde ich dich wohl wieder sterben lassen, wie das erste Mal. Diese Sehnsucht ist ungeheuerlich, sie ist verworfen und lächerlich ...«

Er stieß einen Schrei aus; hinter dem Rahmen des Bildes hervor glitt ein Papier; in ihren Schriftzügen las er: »Niemals habe ich dich betrogen.«

Und er, der ihr Geständnis empfangen und ihren Tod gebilligt hatte, sagte: »Ich glaube dir! Verzeihe mir!«

Er wartete, damit zwischen ihm und ihr der weite Raum geringer werde. Auch empfing er Zeichen, als sei sie schon nahe. »Halte Dich fertig, mit mir zu kommen; ich darf nicht bleiben.«

Mit ihr? Wohin? Was näher kam in Wirklichkeit, war also der Schlußakt des Betruges, der ihn umkreiste – und schloß der Plan mit seinem Tode? »Muß ich nun doch, mehr als ich möchte, auf meiner Hut sein? ... Ich hoffe es nicht. Ich und der unbekannte andere, wir haben viel seelische Kraft aneinander gewendet; ich bin sicher, er würde so ungern einen Revolver auf mich abdrücken, wie ich auf ihn.«

Übrigens war schon der nächste Brief deutlicher: »Bereite alles vor. Wir werden lange und weit fort sein; Du kannst nicht verstehen, wie weit und wie lange. Nimm mit, was wir brauchen.« Er nickte; man deckte das Spiel auf. Er sollte bestohlen werden, im großen Stil, wie es schien, aber doch nur bestohlen ...

An diesem Abend saß er ihr gegenüber und dachte: »Nun hast du den Vorhang fast schon gehoben. Eine letzte Anstrengung! ... Denn sieh, dir glaub ich, unbeschadet dessen, daß ich das Spiel des anderen durchschaue.« Cromer lachte leise. »Er, der Ärmste, durchschaut mich keineswegs. Nur du hast schon längst begriffen, daß man glauben, den Abenteuern des Glaubens sich ergeben und doch klarsichtig bleiben kann; lieben, sehr lieben, und dabei noch wissen ... Was ich morgen in der Stadt vorhabe, würde dich laut auflachen lassen – und nur dich!« Dabei lauschte er auf ein noch gedämpftes Lachen, das stolz, leichtsinnig und nach geheimer Trauer klang.

In der Stadt blieb er einige Tage. Als er eines Abends heimkehrte, fuhr soeben durch das stille Welken des Sommers der erste Sturm. Die Blätter des Gartens sausten um ihn her, am Haus schlugen die Läden, Türen öffneten sich, und dahinter das Dunkel leuchtete manchmal fahl auf vom letzten Licht der fliegenden Wolken. Plötzlich stand vor ihm der Diener Philipp, weiß im Gesicht, so fassungslos, daß er es vergaß, seinen Eifer zu bekunden. Cromer beruhigte den jungen Menschen über die Gefahren einer Nacht wie diese und ging in sein Zimmer.

Er machte Licht, legte ab – da hielt er ein: sie folgte ihm mit den Augen! Ihr Bild bewegte die Augen, ihre graublauen Augen, die sachlich blickten und doch voll Spiegelungen schönerer Himmel waren. Nie vergessen, da strahlten sie wieder; sie war da! Ein langer Schauer durchlief Cromer mehrmals. Der Betrug vollendete sich, dieser ungeheuerliche Selbstbetrug, der die tiefste Wahrheit seines Lebens war.

Ohne ihre Augen loszulassen, mit befangenen Gebärden, nahm er aus seinem Rock die Brieftasche, öffnete sie, breitete die Wertpapiere, eigens mitgebracht, auf den Tisch, zählte sie den Augen vor, die allem folgten. Eine Minute stand er noch, atmete schwer und hielt angstvoll den Blick erhoben. Die Augen dort oben schlossen sich gewährend: und Leo Cromer ging leicht schwankend aus der Tür.

Mit verhaltener Hast tastete er sich im Dunkeln zur Schwelle des Nebenzimmers, des Zimmers der Toten. Ein Lichtschein fiel heraus. Cromer zögerte lange, dann öffnete er wie im Traum. Da lag nun ihr Zimmer; selten seit ihrem Verschwinden und nur leichthin hatte er es betreten. Er hätte nicht gedacht, daß es aussähe, als habe sie es auf Augenblicke verlassen; das Licht brannte, gleich mußte sie zurück sein. Ihr Schritt? Nein, noch nicht; nur sein Herz fühlte er gehen. Die alten, leichten Tafeln von Rosenholz, deren zerbrechliche Schnitzereien diese Wände überzogen, nachdem sie hundert Jahre lang in einem unbekannten Haus ihre Glätte verloren hatten, sie bebten noch wie sonst bei jedem Windstoß, wie Kulissen, aufgestellt um die schöne, erfahrene Spielerin, die hier zu Gast war. Ein stärkerer Schlag des Sturmes, ein Ächzen im Holz – und ein aufgestörter Duft. Ihr Duft! Ihr Fächerschlag! Die Sinne so sehr gespannt, daß er zu schweben meinte, hörte Cromer dicht hinter der dünnen Wand das Rauschen ihres Kleides. Er wollte rufen; da ging das Licht aus – und mitten im schwarzen Sausen des Wetters unterschied er das trockene Klappen der Tür, der schwanken Kulissentür, durch die sie eintrat. Sie war im Zimmer.

»Lida?« sagte er stimmlos, einen Arm ausgestreckt in das Unsichtbare. Und auch die Antwort kam geflüstert, wie aus tief erschütterter Brust.

»Leo.«

»Endlich«, sagte er. »Du bist zurück. Ich wäre sonst auch gestorben, wie du.«

Da ward ihre Stimme vernehmbar, ja, ihre klare und

süße Stimme hörte er wieder. »Lieber«, sagte sie, »ich war nicht tot. Nur wer nicht geliebt hat, stirbt.«

»Ist es wahr?« sagte er flehend. »Ist es dies, was du erfahren hast?« Er trat rasch vor sie hin, auf ihre Stimme zu.

»Ich bin gekommen, um es dir zu sagen« – und in einem Schein, der vorüberflog, sah er, sah ihren Mund sprechen, ihre Augen leben und erkannte ihr helles Haar. Der oft umfangene Fluß ihrer Glieder bewegte sich, einen Herzschlag lang, vor seinem Blick, ihre Hand stand vielsagend aufgerichtet. »Du weißt noch nicht, Lieber, wohin ich dich führen muß und wie teuer es ist, mich wiederzusehen. Bist du denn bereit?«

»Zu allem«, sagte er, »deine Lippen!«

»Noch nicht. Mach dich fertig, geh, und dann folge mir!« Eilig und geschäftsmäßig fielen die Antworten.

»Wir haben einen Wagen?«

»Wir haben einen Wagen. Du nimmst alles mit.«

»Ja.«

»Alles, was du besitzest?«

»Ja. Deine Lippen.«

»Komm!«

Ein neuer Schlag, ein Schein, und darin ihr Gesicht, grell vorgestreckt, tiefe Schatten um die fahlen Lider, worunter der Blick verging, und die Lippen, geisterhafte Rosen, aufgeblättert zum berauschenden Zerfallen ...

Er kehrte zurück aus diesem Kuß wie aus allen Abgründen, ermattet, blind, noch umwölkt von der Ewigkeit. Taumelnd fort in sein Zimmer, auf einen Sessel hingebrochen, die Augen bedeckt und schweigen ... bis dahinten im Garten Schritte liefen und Räder knirschten. Das Geräusch eines Autos; es verlor sich schon.

Cromer stand auf. Ein Blick auf den Tisch: alles, wie vorausgesehen, war fort. Er trat unter das Bild; die Augen waren ausgeschnitten. Sie hatte glänzend gespielt, die Frau hinter den ausgeschnittenen Augen, und war nun wohl von dannen mit ihrem Herrn, dem Unbekannten. Auch Philipp, sein anderes Geschöpf, war fort mit ihm.

»Gut denn: der Mechanismus des Wunders hat sich bewährt bis ans Ende. Aber auch hier«, sagte er, mit dem Finger auf seiner Brust ...

Er schloß die Läden der Gartentür, der Diener hatte es sich erspart. »Er war erregt, keiner von uns hat es leicht gehabt heute. Ich werde nun schlafen dürfen, ich werde wieder gut schlafen und wohl in Frieden altern dürfen. Jene drei müssen leider durch die Sturmnacht fahren mit ihren Wertpapieren – die wertlos sind, die so wertlos sind, daß man die Diebe nicht einmal festnehmen wird, wenn sie sie vorlegen.«

Der Bruder

Peter Scheibel blieb nach dem Tode seiner Eltern zurück als ganz verarmter Siebzehnjähriger und mit einer kleinen Schwester, die niemand hatte als nur ihn. Er sagte sich, daß er auf der Schule und später auf der Hochschule wohl sich selbst noch würde durchbringen können, unmöglich aber ein heranwachsendes Mädchen; und ohne Säumen ging er auf die Suche nach einer bezahlten Arbeit. Er fand sie bei Fülle & Sohn. Häute, zuerst als Ausgeher, aber bald ließen sie ihn Briefe schreiben. Nach acht Jahren war er Buchhalter und hatte ein Zimmerchen für sich allein, auf einen Hof hinaus, der nicht hell war, außer im Hochsommer mußte man immer das Gas brennen. Luft und Licht fand er zu Hause, ihm dünkte es oft, kein Mensch könne zu Hause, die kurzen Stunden, in denen dies erlaubt ist, soviel Sonne und frohes Herz finden. Sie wohnten hoch über einem weiten Platz, mit elektrischen Bahnen, Obstkarren, Soldaten. Ihr kleiner Balkon trug Blumen, und Änne drinnen sang. Andere hörten sie nicht von draußen, ihre Stimme war nicht stark: der Bruder aber blieb auf der Treppe stehen und hörte sie.

Sie war erwachsen in den acht Jahren unter seiner Pflege, seinen steten Gedanken, als Lohn für alle seine Mühe; aber noch blieb sie zart und unsicher, nicht nur von Gesundheit, auch in ihren Formen, Farben und in ihrer Art, das Leben zu nehmen oder es vorauszuahnen. Bei ihren wenigen Bekannten galt sie für langweilig oder hochmütig, manchmal argwöhnten sie Bosheit. Nur ihr Bruder kannte sie wirklich, er war stolz darauf wie auf eine treu erworbene Vertrauensstellung. Ihr ward es nur leicht bei ihm. Nur bei ihr war er glücklich. Am Abend mitunter und dann, wenn sie ihm gute Nacht wünschte, sah er auf zu ihr, staunte eine Weile und nannte sie Beatrix. So hatte eine Prinzessin geheißen, in einem Buch mit bunten Bildern, das sie zusammen lasen, als er zwölf und sie fünf Jahre alt war. Damals schnitt er ihr aus Papier den goldenen Gürtel, wie er von den Hüften der Prinzessin fiel. Wenn sie über ihrem langen Hemdchen den Gürtel hatte, hieß sie Beatrix. Ob sie ihn überzeugte? Ob er es entdeckte? Ihr eigentlicher Name und ihr Wesen, das nur er sah, waren Beatrix. Ihm blieb nichts übrig, als ihr die Rechte zu erobern, die ihr natürlich waren.

Aber noch wollte sie nichts; sie lächelte schwach und wegwerfend zu seinen Versprechungen von Kleidern und Schmuck, für künftig, wenn sie reich sein würden, seine Ersparnisse den Nutzen getragen haben würden, auf den er sann. Es kam unbemerkt, sie war damals zwanzig – und als er dann doch sah, wie gern sie jetzt ihren bescheidenen Tand trug, begriff er noch immer nicht, daß etwas vorging. Ihre Kopfhaltung machte ihn aufmerksam, das freiere Auftreten, die erwachte Anmut und dann dies Lächeln, das stolz einlud: »Sieh doch!« Was er aber sah, ward dem Bruder nicht früher klar, als bis er Fremde es nennen hörte. Sie sagten: »Die Änne Scheibel ist aber schön geworden.« Er hörte es und ward von einer solchen Freude erfaßt, daß er in der winterlichen Straße plötzlich eine laue Luft spürte und Rosen roch. Beim Betreten des Hauses fand er endlich Worte. »Jetzt haben sie es heraus!« sagte er. Jetzt sahen alle ihre wahre Natur, und nicht mehr nur für ihn war sie eine Prinzessin. Freilich verlor er dadurch einen Vorzug und einen großen geheimen Stolz. Ihr aber tat die Bestätigung so wohl! Unter den Blicken, die sie bewunderten, entfaltete sich ihre Schönheit, ihm schien, ins Ungemessene. Ihn blendete sie nur noch. Hiervon hatte er trotz allem keinen Begriff gehabt: ein Gesicht, so klar, als sei es Fleisch gewordener Edelstein! Und aufgeblüht das Gold der Haare, in den herangereiften Gliedern irgendein ungeahnter Saft – die Hand aber, man konnte sie unmöglich noch nehmen ohne Demut, sie konnte sie unmöglich anders geben als mit Herablassung. Sie spürte es selbst, denn sie lachte manchmal auf dabei, übermütig und wie zum Spott auf ihn und sich, weil alles sich nun auf diese theatralische Art gewendet hatte. Er zahlte ihre Kleider, die teuerer wurden, aber nicht sie hatte jetzt zu danken, sondern er. Dazwischen zeigte sie ihm unversehens ein ernstes, vertrauliches Auge, das sagte: »Du verstehst natürlich, es ist meine Rolle. Im Grund bist du alles. Was wäre ich! Glücklich bin ich, weil du nun belohnt bist.«

Aber sie hatte durchaus den Willen zu ihrer neuen Rolle. Sie ging aus, trat auf, und trug Siege heim. Sie besuchte eine Schauspielschule, kannte Kavaliere, schlug Heiraten aus, die ihr nicht angemessen waren. Er mußte häufig warten auf sie am Abend, und kam sie heim, brachte sie Unbekanntes mit, Erlebnisse, Möglichkeiten und Fragen an das Schicksal, in die er nicht immer wagte hineinzuhorchen. Sie aß reichlich, wie ihre Schönheit es erforderte; es geschah aber, daß sie den Teller fortschob, die Arme weiß auf den Tisch stellte, und, zwischen ihnen kurz den Kopf rückend, über das zu geringe Zimmer hinsah, die dürre Hängelampe, und auch über ihn – gereizt hinsah, auch über ihn, und doch, als sei sie abwesend. Da erschrak er so tief wie noch nie. Sein alter Rock brannte ihm plötzlich auf dem Rücken, und leise, aber angestrengt schob er sich mitsamt seinem Stuhl vom Tisch fort, damit sie ihn nicht mehr rieche. Denn ein wenig, trotz aller Vorsicht, roch er wohl nach Häuten. Daß er es nicht bedacht hatte, kürzlich, als ihre Freunde sie besuchten! In einer entsetzlichen Scham ward es ihm fühlbar, daß er zuviel da sei und daß er Ansprüche mache, unberechtigte Ansprüche, indem er da sei. So begann er ins Café zu gehen, saß einsam und grübelte, weil in diesem Augenblick die Damen und Herren, die mit ihr einen heiteren Abend verbrachten, sie in dem mißverständlichen Rahmen des zu geringen Zimmers sahen. Konnte dadurch nicht ihre Ehrfurcht leiden? Ach, es war klar, daß dies nicht mehr weiterführte und daß er selbst, nur er die Schuld daran trug. Er hatte eine Prinzessin bei sich aufgezogen und zeigte sich nun unfähig, die Mittel zu beschaffen für ihre Hofhaltung. Seine Ersparnisse, die bisher ihre Toiletten bezahlt hatten, waren schon dahin; was nun? Sie wartete, und die Jahre vergingen, die ihre Jugend waren. Er stahl sie ihr, er war ihr Feind! Einst bekam er im Geschäft eine unerhört große Summe in die Hand und behielt sie eine Nacht lang, obwohl sie schon abends wäre abzuliefern gewesen. Es war die Nacht, in der er mehrmals starb und mehrmals lebte wie noch nie. Als es Morgen ward, war er dem Abgrund entronnen, und was er fühlte, war Erbitterung gegen sie, die Gläubigerin, die ihn so schwer bedrängte. Er wollte sie einem braven Manne geben, beschloß er hart – aber wie flehentlich bat sein Herz es ihr ab, als sie am Abend vor der Tür seines Geschäftes stand und ihn abholte. Schön und vornehm wie keine, ging sie dennoch an seiner Seite durch die glänzendsten Straßen. Hinter der erleuchteten Glastür eines Friseurladens sah man eingeseifte Herren sitzen, streng würdig, aber doch abgerüstet. Im Vorbeigehen beugte die Schwester sich vor das Gesicht des Bruders. »Da sitzen sie«, sagte sie und hatte um ihren karminroten Mund zwei Züge von Haß und Hohn. Noch beim Abendessen dachte sie wohl daran, denn unvermittelt lachte sie auf, und wie er hinsah, war es wieder dies Gesicht. Da sie merkte, er sah hin, verwandelte es sich, und ihre Augen tauchten in seine, mit einer solchen Kraft von Mitleid, Dankbarkeit und Wissen, daß er fühlte: »Geschehe was immer.« – »Wir wollen doch noch unsere Partie spielen«, sagte sie, da ward ihm schon wieder bang, denn es klang wie ein letztes Mal. Dann gab sie die Karten, mit ihren Händen, von denen Duft wehte. »Du schwindelst wohl?« sagte sie heiter, da er gewann; und langsam, mit verlorener Miene in die Lampe starrend: »Ach nein. Am schwersten wird man die Anständigkeit los.«

Künftig zeigte er sich noch seltener, er durfte nicht länger sich dazwischendrängen in den Lebenskampf, dem er sie nicht hatte entheben können. Was sie fortan erlebte, gehörte nur ihr – und wohl noch einem, aber nicht ihm. Sein waren die Angst, die Sehnsucht und der Zorn, dies gehetzte Herz, das anbetete und verwünschte in einem. Er wußte gleichwohl immer, was vorging; ihm schrien es Dinge zu, die kaum waren, ein Hauch in der Luft, ein Schatten in zwei Augen. Er kannte den Mann – hatte ihn nie mit ihr gesehen, war ihm unbekannt, und stand doch unter einem Haustor, um ihm entgegenzublicken, der Gestalt des Schicksals, unerbittlich wie es ging, und ganz fremd. Einmal aber verließ er das Geschäft zu einer ungewohnten Zeit, ein hohes Fieber nötigte ihn; und zu Haus nahm er wahr, sie waren da. Er stand, atmete nicht, und hörte. Ein entzückter Klang drang hervor, und ja, dieser Klang: Beatrix. Da ging er fort, fiebernd, aber seine schnellen Pulse klopften wie ein Glück – ein Glück, sei es wie immer. Sie hatte von dem, den sie liebte, genannt werden wollen wie von ihm! Wenn sie sich von Liebe verklärt fühlte, ging sie in das Märchenwesen ein, das sein, sein war. Er fühlte: Meine Schwester!

Tage zogen vorbei, da sie ihn wohl ganz vergessen hatte, und Tage, an denen sie ihn nicht fortlassen wollte; aber er wußte, wann es aus Güte und ruhigem Sinn kam und wann er sie retten sollte. Er rettete sie nie; sie mußte allein an sich tragen, er konnte ihr nur stumm und treu wie ein Hund bedeuten, daß er Bescheid wisse um ihre gekrampften Mienen, die Trennung hießen, bevorstehender Zusammenbruch. Angst des Endes, um ihr Umherirren und Seufzen, worin schon neue Hoffnungen sich meldeten, ein anderer Mann, und wieder Leichtsinn und wieder Schmerz. Ihm schien die Zeit stillzustehen, in allem Hin und Her, das nur ablief und zu nichts führte und dem er beiwohnte in immer gleicher Demut und Ergriffenheit. Dennoch erschien ein Abend – sie hatte ihn nicht fortgehen lassen und war selbst nicht vorbereitet zum Ausgehen, setzte sich hin bei ihm, fand keine Ruhe, hatte schon ihr Zimmer aufgesucht und kam noch zurück. Er sah auf, erstaunt wie von jeher, wenn die Gunst des Augenblicks ihm ihren Anblick schenkte. In ihrem Gesicht aber entstand nichts von der kleinen Freude, die sein Staunen sonst ihr schenkte. Seltsam, sie hatte ein Gesicht, als sähe sie, nun sie zu ihm sprach, nicht sich, sondern wie vor Zeiten, wirklich ihn. Sie sagte: »Hast du denn eigentlich nie daran gedacht zu heiraten?« Er bedachte, was ihr denn einfiele. Um Zeit zu gewinnen, sah er an sich nieder, und er murmelte: »Jetzt doch wohl nicht mehr.« Dies war es aber nicht; in ihm stammelte es anders. »Wer, wie ich ...« Und: »Beatrix!« Ihr Blick zog sich schon zurück, sie sah nicht weg und sah schon nicht mehr ihn. »Hättest du geheiratet«, sagte sie, »vielleicht würde ich dann ein Asyl gehabt haben, wenn es mit mir aus ist.« Er schrak auf, fassungslos: »Mit dir!« Da schwieg sie zuerst gramvoll – und sagte dann, mit einer Stimme wie eine Kranke: »Sieh mich doch an! Sieh mich doch nur wirklich an!« Und weil sie es wollte, sah er sie, sah mit einem Schlag alles. Sie hatte die Lippen heute nicht gefärbt, die Haut des Gesichtes gelassen, wie sie war, dem Blick nicht nachgeholfen, das Kleid umgehängt wie um irgendeine Nebenperson, und stand auf einmal da, als sei sie entblößt von einem goldenen Nebel und in den Alltag versetzt. Die Augen erkaltet von Enttäuschungen und geschwächt von Verlusten, der Zug des Hohnes eingewurzelt um den Mund, umgewühlt die Stirn wie ein Feld mit Leichen und müde dies menschliche Wesen nach getragenen Lasten, entstellt das Antlitz und der Leib durch Kampf, den täglichen Kampf um das Brot der Seele und um ihr Dasein, den nie entschiedenen Kampf: so stand sie vor dem Bruder, der die Hände erhob, langsam aufhob und sie faltete. Da sie sah, er habe begriffen, sagte sie: »Diese acht Jahre waren eine lange, lange Zeit.« Und während ihre Stimme, kranke Kinderstimme, noch nachklang, strich sie tastend über ihre Hüften, als seien sie wund oder als suchte sie nach ihrer verlorenen Form. Da riß er sie an sich, und hinsinkend weinten sie.

Das Gesicht noch trocknend, eilte sie schon fort. Unter der Tür, zurückgewendet, sagte sie: »Morgen gehe ich auf eine Reise. Du kannst unbesorgt sein ...«, und sagte es inständig, als setzte sie hinzu: »Glaub mir oder doch laß mich es glauben!« Morgen kam, und sie war fort, und er in seinem Hofzimmer beim Gaslicht erdrückte mit beiden Händen in seinem Herzen, was er wußte, sein ungeheures Wissen. Zwei Tage, da rief man ihn in die Frauenklinik: tot sei sie, tot sei seine Schwester. Er ging und beugte noch einmal seinen grauen Kopf vor ihrer unvergänglichen Schönheit.

Der Sarg schwankte hinaus, da war ein Mensch da und hielt dem Bruder die Hand hin. Es war ihr erster Geliebter, jener, der an Gestalt und Gang dem Schicksal geglichen hatte. Armes Schicksal, verstört und bleich. Trotz der trüben Frühe standen draußen Leute, um den Sarg zu sehen. Der Bruder hörte sagen: »Sie war nur eine ...« Er sah sich nicht um nach dem Wort, er dachte: »Wißt ihr denn gar nichts?«, und er fühlte Verachtung und Mitleid.

Alfred Döblin

»... ist unter den wenigen ganz großen Schriftstellern der am wenigsten entdeckte.« (Ludwig Marcuse)

dtv 295

dtv 1389

dtv 1552

dtv 10144

Die drei Sprünge des Wang-lun
dtv 1641

Ein Kerl muß eine Meinung haben
dtv 1694

Der Überfall auf Chao-lao-sü
dtv 10005

Babylonische Wandrung oder Hochmut kommt vor dem Fall
dtv 10035

dtv